Rachel Carson

국립중앙도서관 출판시도서목록(CIP)

레이첼 카슨 / 엘린 레빈 지음 ; 권혁정 옮김. – 고양 : 나무처럼, 2010
  p. ; cm. – (세상을 빛낸 위대한 여성)

원표제: Rachel Carson
원저자명: Ellen Levine
영어 원작을 한국어로 번역
ISBN 978-89-92877-11-4 44840 : ₩10000
ISBN 978-89-92877-10-7(세트)

생물 학자[生物學者]

470.99-KDC4
570.92-DDC21   CIP2009004039

w
세상을 빛낸 위대한 여성

레이첼 카슨

엘린 레빈 지음 · 권혁정 옮김

나무처럼
Namubooks

AP를 위하여,

내게 레이첼 카슨 전기를 써보라며

격려하고 용기를 준 그에게 감사한다.

모래 한 알에서 세상을 보고

들꽃 한 송이에서 천국을 보고

당신의 손바닥에 무한을 쥐고

그리고 한순간에 영원을 본다.

– 윌리엄 블레이크

1961년, 친구 믹키가 편지를 보내왔는데, 위스콘신대학 캠퍼스에 죽은 개똥지빠귀 시체가 지천으로 깔렸다는 내용이었습니다. 그 친구는 이 새들의 죽음이 기괴하고 두렵다고 했습니다. 1년이 지나서야 우리는 열렬히 봄을 갈망하던 이 새가 어째서 그렇게 떼로 죽음을 당했는지를 알게 되었습니다. 그 해 1961년은 레이첼 카슨이 『침묵의 봄*Silent Spring*』을 출간한 해입니다. 카슨은 이미 세상에 울려 퍼지는 경고 메시지 '우리가 정원과 들판, 숲과 강에 유독살충제 살포를 멈추지 않는다면 환경뿐 아니라 우리를 포함한 그 속에 사는 생명체는 모두 오염될 것이다'를 들었던 것입니다.

아마도 이 책을 펼치는 여러분 중에는 레이첼 카슨에 대해서 처음 듣는 사람도 많을 줄 압니다. 그러나 세상 전체가 그녀의 이름을 알던 시절도 있었습니다. 케네디 대통령은 그녀를 찬미했고, 화학물질 제조업체들은 그녀를 비난했습니다. 『침묵의 봄』이 출간된 직후 나는 카렌이라는 친구와 그녀의 남자친구와 함께 저녁을 먹었습니다. 그 둘은 이제 막 연인으로 들어서기 시작할 때였습니다. 그는 대기업의 화학연구원이라고 했습니다. 자연스럽게 대화는 레이첼 카슨의 『침묵의 봄』으로 이어졌고, 그는 책과 저자를 마구 비난하기 시작했습니다. 『침묵의 봄』이 위험하고 강박적이며 부정확하다고 눈에 불을 켜고 욕을 해댔습니다. 순간 뭔가 이상하다는 생각이 들었습니다. 그래서 물어봤죠.

"그 책은 읽어보셨나요?" 그는 냅킨을 꽉 쥐더군요.

"아니요."

순간 우리는 웃음을 터뜨렸지만, 그는 '어쨌든' 그 책은 무조건 나쁜 책이라며 변명을 늘어놓았습니다.

『침묵의 봄』이 처음 나왔을 때 〈타임〉은 카슨의 결론을 '말도 안 되는 불합리한 것'이라고 매도했습니다. 그리고 40여 년이 지난 지금 〈타임〉은 마음을 바꾸었습니다. "환경운동이 시작되기 전에 용감한 여성과 그녀의 용감한 책이 있었다." 그러면서 알베르트 아인슈타인과 소아마비 백신을 개발한 조너스 소크와 더불어 레이첼 카슨을 20세기에 가장 큰 영향력을 미친 100인 중 한 사람으로 선정했습니다. 어느 상원의원은 이렇게 말했습니다.

"인류 역사상 더러는 책 한 권이 역사의 진로를 사실상 바꾸어놓는 경우가 있습니다…… 예를 들면 『톰 아저씨의 오두막 *Uncle Tom's Cabin*』이 그렇습니다. 『침묵의 봄』도 이에 버금 간다고 할 수 있습니다."

링컨 대통령이 『톰 아저씨의 오두막』의 작가 해리엇 비처 스토를 만나서 이런 말을 했다고 합니다. "바로 당신이 이 거 대한 전쟁을 시작한 여성이군요!" 링컨이 1962년에도 대통령 이었다면 아마도 레이첼 카슨에게 "바로 당신이 환경혁명을 시작한 여성이군요!"라고 말했을 겁니다.

『침묵의 봄』이 출간된 지 1년쯤 지나서 나는 〈환경혁명The Enviromental Revolution〉이라는 12부작 TV 시리즈물을 맡았습 니다. 당시에 레이첼 카슨은 암 투병 중으로 매우 병약한 상 태였기에, 직접 그녀를 만나 인터뷰할 수는 없는 형편이었습 니다. 그래서 주위 과학자와 자연주의자 친구들을 여러 명 만 나 취재했습니다. 그렇지만 공용방송국의 자금 사정으로 이 프로그램을 방영하지 못했습니다. 하지만 그동안 레이첼을 취재하면서 알게 된 그녀의 자연관은 참으로 인상적이었습니 다. 그녀에게 매료된 나는 책상 위에 그녀 사진을 걸어놓고, 가끔 대화를 나누기도 한답니다.

우리는 왜 레이첼 카슨의 책을 읽어야만 할까요? 레이첼은 대통령도 아니었고, 백만장자도 아니었습니다. 그렇다고 영 화배우나 탁월한 운동선수도 아니었습니다. 하지만 레이첼 카슨은 실제로 세상을 변화시킨 책을 쓴 사람입니다.

어떻게 그녀는 이런 사람이 되었을까요? 감히 다른 사람들은 생각지도 못할 의문과 호기심은 대체 어디에서 생겨난 것일까요? 무시무시한 적들의 위협에도 당당할 수 있었던 건 무엇 때문이었을까요?

자 이제 그녀의 이야기를 시작합니다.

버지니아 주 코브아일랜드를 여행중인 레이첼(1946)

1962년 8월 29일, 존 F. 케네디 대통령의 임기가 1년 반 가량 지난 때였다. 신문과 잡지, 라디오와 TV 기자들이 백악관 회견실 안을 가득 메웠다. 촬영 조명이 하나 둘씩 기자실 연단을 비추었다. 이제 대통령은 딱딱한 기자회견에서 세련되고 재치 있는 언술과, 때로는 절제되고 단호한 모습, 사려 깊은 모습 등을 자유자재로 구사했다. 그리고 기자들의 질문에도 호의적으로 대답할 줄 알았다.

기자들은 회견 준비를 마쳤다. 최근 〈뉴요커〉는 한 달 뒤에 출간 예정인 레이첼 카슨의 『침묵의 봄』을 3부작 시리즈로 연재했다. 연재물은 책이 출간되기도 전에 장안에 화재를 불러일으켰다. 아무도 그녀의 책에 대중이 그토록 폭넓고 강렬하게 반응할 줄 미처 몰랐다. 독자는 신문사와 잡지사에 수많은 질문공세를 퍼부었다. 그들은 정부와 대기업이 독성 화학살충제로 환경을 오염시키면서도 눈 가리고 아웅하고 있다는 레이첼 카슨의 메시지를 읽고 깊은 정신적 충격을 받았다.

뉴욕 주의 하원의원 존 V. 린드세이는 〈뉴요커〉 1회 연재물에 실린 구절을 연방회의 의사록으로 낭독했다. 의회, 농무부, 내무성, 연방해충퇴치소, 공중위생국, 식품의약국, 카운티, 지역관청 등지로 대중의 편지가 쇄도했다.

'이번 일을 어떻게 처리할 것인가?' 대중은 알고 싶어 조바심을 쳤다.

〈뉴요커〉의 정기구독자이기도 한 케네디 대통령이 서서히 연단으로 걸어 나왔다. 기자들은 박수로 그를 맞이했다.

"DDT와 그 외의 살충제 위험성이 광범위하게 제기되었고 과학자들 사이에서도 우려의 목소리가 높습니다." 기자들의 질문을 케네디 대통령은 주의 깊게 경청했다.

"농무부나 공중위생국이 이 사태를 자세히 조사하고 있나요?" 기자가 질문했다.

"네, 이미 조사하고 있습니다. 미스 카슨의 책을 읽고 이 문제를 신중하게……."

차 례

어린 시절의 레이첼

1
야생을 사랑한
아이

어릴 때부터 늘 바다를 동경하고 꿈꾸던 소녀가 있었다. 피츠버그 외곽의 앨러개니 마을은 숲과 들판이 어우러지고 세차게 흐르는 강으로 둘러싸였다. 소녀는 바다를 한 번도 본 적은 없었지만, 도화지에 하얀 물거품이 뽀글뽀글 이는 파도를 그려보았고, 세찬 파도소리도 상상해보았다. 그녀가 이토록 바다를 동경하게 된 계기는 농장 뒤에 있는 절벽에서 화석물고기를 발견한 이후부터이다. 또한 거실 벽난로 위에는 소라껍데기가 놓여 있었는데, 나선형으로 휘어진 입구에 귀를 갖다 대면 아득히 바다의 소리가 들려왔다. 이렇게 조그만 시골마을에서 새들의 노래를 듣고 여러 동물을 지켜보면서 자란 소녀는 동물의 눈을 통해서 그들과 교감하는 법을 하나하나씩 배워나갔다.

얼마나 많은 사람이 꿈을 실현하며 살아갈까? 그런 면에서 보면, 레이첼은 아주 운이 좋은 편이었다. 그녀는 바다의 삶과 역경을 그린 뛰어난 작가가 되었으며, 그녀의 책은 평생 그토록 사랑한 자연을 구하는 데 크나 큰 도움이 되었으니 말이다.

1907년 5월 27일, 마리아 카슨은 새로 태어난 아기 레이첼을 '귀엽고 포동포동한 작은 눈을 지녔으며, 유난히 예쁘다'라고 했다. 당시 레이첼의 언니 마리안은 초등학교 5학년이었고, 오빠 로버트 2세는 초등학교 1학년이었다. 아버지 로버트 카슨은 보험회사에 다녔는데, 일 때문에 집을 비우는 일이 잦았다. 레이첼은 엄마와 더불어 들판과 숲을 거닐면서 꽃향기를 맡고, 새들의 노래를 듣는 것을 무척 좋아했다. 엄마는 레이첼에게 새와 식물의 이름, 곤충의 이름을 암기시키지는 않았다. 그저 동식물이 살아가는 방식을 지켜보고 있노라면, 저절로 그 이름의 의미를 이해하게 된다고 가르쳤다. 그리고 레이첼은 이것을 이해했다.

레이첼의 어머니 마리아 맥린 카슨은 1869년에 장로교회 목사의 딸로 태어났다. 마리아가 열한 살이던 해에 아버지가 돌아가셨다. 총명하여 공부를 잘한 마리아는 여자신학교를 졸업했고, 라틴어를 아주 잘했으며 음악에도 조예가 깊었다.

마리아는 학교 선생님이 되었고, 시간제로 피아노 레슨도 했다. 1890년대 초, 마리아는 합창부에 가입하여 교회에서 주관하는 음악회에 참가했다. 그곳에서 용모가 수려하고 살짝 수줍음을 타는 젊은이 로버트 카슨을 만나게 되었다. 로버트는 마리아에게 청혼했고, 만난 지 1년 후 둘은 결혼했다. 결혼한 여성은 직업을 가질 수 없는 당시 펜실베이니아 관습에 따라 마리아는 교사 일을 포기할 수밖에 없었다. 가게 점원으로 일하는 로버트는 큰돈을 벌지는 못했지만, 가정을 이루는 데는 별반 문제가 없었다. 그리고 결혼한 지 몇 년이 지나서 큰딸 마리안과 아들 로버트 2세가 태어났다.

1900년에 로버트는 대출을 받아 피츠버그 북쪽으로 20여 킬로미터 떨어진 강어귀 마을인 스프링데일의 산허리에 약 26만 제곱미터 정도의 농장과 숲을 사들였다. 여기에는 자그마한 2층짜리 농가와 헛간, 닭장, 창고 등도 딸려 있었다. 마리아는 본채에 기대어 지은 주방에서 부엌살림을 했고, 과수원에서 따온 사과가 늘 풍성했다. 지역 주민들은 이 과수원을 '카슨네 작은 숲'이라고 부르며, 이곳으로 자주 소풍을 왔다.

2층 농가에는 방이 네 개 있었는데, 위 아래층에 각각 두 개씩 있었다. 수도시설은 없었기에 카슨 부부는 1킬로미터 이상 떨어진 산중턱에서 물을 길어다 먹어야 했다. 앞으로 카슨 가족이 이곳 스프링데일에서 사는 30여 년간 중앙난방이나 실내 수도시설은 없었다. 추운 겨울날이면 가족은 벽난로나 석탄 난로 앞에 모여 앉아서 될 수 있으면 바깥출입을 자제했다. 무더운 여름날이면 아이들은 근처 앨러개니 강에서 땀을 식혔다.

로버트는 무척이나 커다란 땅을 사들였지만, 농사지을 생각은 없었다. 그는 나름 계획이 있었기에, 널찍하게 여러 등분으로 땅을 나누어놓았다. 당시 피츠버그에는 탄광과 제강공장 등이 마구잡이로 들어서고 있었다. 강과 철도는 원자재를 들여오고, 완성된 제품을 내보내느라고 몹시 분주했다. 두말할 나위 없이 강 바로 위에 자리 잡은 스프링데일 마을은 공장부지로 제격이었다.

하지만 로버트의 꿈은 물거품이 되고 말았다. 20세기 초, 피츠버그 인구는 두 배나 늘어났지만, 경기침체로 말미암아 그의 꿈은 산산이 부서지고 말았다. 은행과 기업은 악몽 같은 몇 년을 보내야 했고, 많은 공장이 문을 닫았다. 끝내 그의 땅은 팔리지 않았다. 1907년 공황은 미국 전역에 번져 재앙을 낳았다. 레이첼은 이런 금융위기의 소용돌이 속에서 태어났다. 미국은 몇 년 후 이 위기에서 벗어났지만 카슨 가족은 그 후유증으로 여전히 비틀거렸다.

이런 고통을 모르는 어린 레이첼은 들판과 숲을 기분 좋게 돌아다녔다. 레이첼은 자신을 '야생 새와 동식물을 친구로 둔 행복하고 고독한 어린이'라고 묘사했다.

"나는 늘 자연에 상당히 관심이 많았어요." 레이첼이 말했다.

레이첼의 엄마도 열성적인 새 관찰자였고, 젊은 사람들이 자연의 중요성에 대해서 배워야 한다는 점을 강조하는 분이었다. 카슨 부인은 레이첼에게 인간은 이 세상을 다른 생물과 함께 공유하며 살아야 한다는 가르침을 주었다. 어린 레이첼은 엄마가 집 안으로 들어온 곤충을 죽이지 않고 놓아주는 모습을 자주 목격했다. 세월이 흘러 레이첼도 불가사리나 달랑게, 또는 작은 달팽이들을 조수 웅덩이 속에서 채취해 현미경으로 관찰한 다음, 다시 바다로 돌려보냈다.

1913년, 어느 초가을 아침에 카슨 부인은 레이첼을 스프링데일 문법학교에 입학시켰다. 레이첼은 학교에 다니는 것이 즐거웠지만, 집에서 보내는 시간이 많았다. 혹시 날씨가 사납게 춥거나 몸이 조금이라도 아플 것 같으면 학교에 가지 않고 대신에 전직 교사였던 엄마한테서 배웠다. 당시는 디프테리아나 성홍열, 장티푸스, 백일해百日咳 같은 어린이 질병이 치명적이던 시절이라, 카슨 부인은 이런 조처를 해 미리 병을 예방하려 애썼다. 요즘처럼 항생제나 독감주사가 없던 20세기 전반기에 소아마비는 악마와도 같은 질병이었다. 1916년 뉴욕에서만 9천 명이 넘는 사람들이 소아마비합병증으로 목숨을 잃었고, 2만 7천 명이 넘는 사람들이 몸에 마비가 왔다. 그

중 대다수는 어린이였다.

레이첼의 2학년 담임선생님은 1914년 첫 석 달 동안에 겨우 16일만 레이첼이 '출석'했다고 기록했다. 4학년이 된 레이첼은 한 달을 몽땅 결석한 적도 있었다. 그렇지만 선생님이었던 카슨 부인 덕택에 레이첼은 늘 A를 받을 수 있었다.

레이첼은 베아트릭스 포터의 이야기를 즐겨 읽었는데, 그 중 『버드나무에 이는 바람 *The Wind in the Willows*』을 제일 좋아했다.

"어렸을 때부터 책을 아주 많이 읽었어요. 분명히 책을 쓰는 작가에게 관심이 많았던 것 같아요. 그래서 나도 이야기를 지어보면 재미있을 거로 생각했죠." 레이첼이 말했다.

한 번은 개똥지빠귀 둥지가 무너져 내린 일이 있었는데, 레이첼과 엄마는 집 잃은 새끼 새 여러 마리를 집으로 데려왔다. 두 사람은 현관 앞에 칸막이를 설치해서 새들에게 집을 만들어주어, 그들이 나는 법을 배울 때까지 정성껏 돌보았다. 레이첼이 굴뚝새가 집을 찾는 이야기인 '리틀 브라운 하우스'를 썼을 때 아마도 그때의 개똥지빠귀 새끼를 생각했을 것이다. 또 토끼 이야기도 지어냈는데, 『피터 래빗 *Peter Rabbit*』에 나오는 토끼의 캐릭터를 모방하기도 했다.

레이첼은 예전부터 〈성 니콜라스〉라는 어린이잡지를 구독했는데, 이 잡지를 처음부터 끝까지 아주 자세하게 읽었다. 마

크 트웨인과 루이자 메이 앨콧과 같은 유명작가들의 시와 이
야기가 실렸고, 노만 록웰의 삽화가 페이지마다 활기를 불어
넣어 주었다. 1873년에 창간된 〈성 니콜라스〉는 이제껏 출판
된 어린이 잡지 중에서 가장 인기가 많았고, 평판도 좋았다.

　창간 편집자 메리 메이프스 도지는 〈성 니콜라스〉를 어린이
들이 만족하며 뛰어놀 수 있는 놀이터로 만들고 싶었다. 이
잡지에는 '성 니콜라스 리그'라는 파트가 있었는데, 매달 어
린이 독자들의 글과 그림 등의 대회를 주관해, 이들의 작품을
실었다. 대회 1등에는 금배지를, 2등에는 은배지를 수여했으
며, 금배지와 은배지를 받은 아이들을 '영예회원'이라 칭하
며, 상으로 현금을 주었다.

　열 살가량 된 레이첼은 '성 니콜라스 리그'에 글을 보내려
고 이야기를 쓰기 시작했다. 레이첼은 누구의 도움도 받지 않
고 스스로 글을 써, 열한 살 생일을 맞이하기 직전에 이야기
를 리그에 제출했다. 카슨 부인은 이야기 맨 위 상단에 "이 이
야기는 열 살짜리 딸아이가 어떠한 도움도 받지 않고 혼자 힘
으로 쓴 글입니다"라는 문구를 적어 넣었다.

　그로부터 5개월이 지난 1918년 9월의 어느 날 아침, 어린
레이첼은 조바심치며 9월호가 도착하기를 손꼽아 기다렸다.
드디어 도착한 우편물을 펼쳐보니 「구름 속의 전투」라는 제목
밑에 '레이첼 L. 카슨'이라고 적혀 있었다. 문체가 아주 빼어

나다는 찬사와 더불어 '은배지'를 받았다.

"당시 잡지에 첫 글이 실린 것을 보았을 때는 기쁨을 감출 수가 없었죠. 요즘은 인세를 받아도 그때만큼 기쁘지는 않아요." 레이첼이 회상했다.

은배지를 거머쥐면서 레이첼은 특별그룹에 끼게 되었다. 7년 전에는 『샤롯의 거미줄Charlotte's Web』과 『스튜어트 리틀 Stuart Little』의 미래 작가인 E. B. 화이트가 리그 은배지를 탔다. 이 밖에도 이곳 출신으로 성인이 되어 유명해진 인물로는 소설가 윌리엄 포크너와 F. 스콧 피츠제럴드, 시인 E. E. 커밍스와 에드나 세인트 빈센트 밀레이 등이 있다.

자기 글이 인쇄물로 나온 것에 전율을 느낀 레이첼은 좀더 많은 글을 쓸 계획을 세웠다. 미국이 세계 제1차대전에 참가하기로 공표하자 레이첼의 오빠도 공군에 자원했다. 그러다 보니 자연스럽게 전쟁 이야기에 관심을 기울이게 되었다.

1919년 2월, 레이첼은 마침내 금배지를 거머쥐는 영광을 누렸다. 금배지와 은배지를 탄 영예회원인 레이첼은 상금으로 총 10달러를 받았다. 그해 말까지 이야기 4편을 더 게재했다. 이제 레이첼은 작가가 되고 싶다는 생각이 굳어졌다.

글을 쓰다 보면 레이첼은 집안의 복잡한 문제는 모두 잊을 수 있었다. 마리안 언니는 나이 차이가 많이 나서 언니라기보다는 오히려 이모라고 하는 편이 옳았다. 불안감에 시달리던 마리안 언니는 고등학교도 채 마치지 않고 직업전선에 뛰어들었다. 그러다가 레이첼이 여덟 살 되던 해에 마리안 언니는 서둘러 결혼했지만 집에서 더부살이를 했다. 아직 오빠가 입대하기 전이라 여섯 명이 함께 방 네 칸에서 나누어 자야만 했다. 몇 달이 지나 오빠는 전쟁터로 나갔다.

당시는 카슨 식구에게 힘겨운 시절이었다. 그들은 가난하지는 않았지만, 늘 현금이 부족했다. 카슨 부인은 1회에 15센트를 받고 피아노 레슨을 해서 가계에 보탬이 되었다. 레이첼의 아버지는 보험외판원으로 일하면서 공장에서 시간제로 일해 가족을 부양했다. 1919년에 제대한 오빠와 언니 또한 아버지와 같은 공장에서 일했다. 굴뚝에서 오염물질을 푹푹 내뿜는 웨스트 펜 파워 공장은 당시 레이첼 가족의 주요 수입원이었다.

1921년 레이첼은 8학년을 끝마쳤고, 그해 여름에 '성 니콜라스'를 주제로 한 에세이를 썼다. 잡지사는 이 글을 광고용으로 사용하려고 사들였고, 레이첼은 한 단어에 1페니씩 계산하여 3달러를 지급받았다. 이제 레이첼은 작품을 상으로가 아닌 프로처럼 돈을 받고 게재하게 되었다. 3달러는 레이첼이 작가로 들어서는 서막이었다. 레이첼은 돈 봉투에 '첫 수입'이라고 써놓고는 평생을 간직했다.

열다섯 살이 된 레이첼은 '내가 가장 좋아하는 놀이'라는 제목의 글을 '성 니콜라스 리그'에 보냈다. 이 글은 레이첼이 처음으로 자연을 노래한 것으로, 강아지 팔과 함께 숲 속을 거닐며 새들의 둥지를 찾아나선 하루 일과를 그렸다.

우리는 금방 숲 속 깊이 들어왔다. 약간 완만하게 비탈진 언덕으로 들어서니 향기로운 솔잎 향이 언덕을 뒤덮었다. "이건 우리가 발견한 것이니, 팔과 내 것이야." 이렇게 생각하니 기쁨이 절로 난다……

새의 지저귀는 소리가 나서 가까이 다가가 보니, 노랑턱멧새가 보였다. 한 시간 반가량 우리는 오솔길을 걸어, 햇빛이 내비치는 언덕으로 나왔다. 우리는 작은 나무들 사이에서 새둥지를 찾았는데, 보석처럼 반짝이는 알이 네 개나 있었다. 가까이 다가가자 어린 새가 화들짝 놀랐다.

레이첼에게는 이때가 몹시 행복한 시절이었다. 〈성 니콜라스〉 잡지에 실린 이 글을 수많은 독자가 읽으며 그들과 더불어 숲 속을 거닐었다. 그리고 세월이 흘러 흘러 많은 사람이 그녀와 함께 해안가와 바다의 가장 깊은 곳을 탐험하게 된다.

1922년 가을, 레이첼의 학교 친구들은 대부분 다른 지역에 있는 학교로 전학 갔다. 스프링데일에는 4년 과정의 정규 고등학교가 없었기 때문이다. 하지만 고등학교 2학년 과정까지는 레이첼이 다니던 학교에서 배울 수 있었다. 레이첼은 이곳에서 학교에 다니며 다른 아이들이 소비하는 교통비를 아낄 수 있었다.

고등학교 2년 과정을 마치고 레이첼은 전차를 타고 몇 킬로미터 떨어진 파르나소스 고등학교를 다녔다. 레이첼은 학교생활이 즐거웠다. 배구와 하키를 즐겼고, 학교 풋볼팀을 힘차게 응원하기도 했다. 그러면서도 성적은 늘 상위권을 유지했다.

졸업반이 된 레이첼은 졸업논문을 준비했는데, 제목을 '지적 소모'로 정했다. 레이첼은 진지하고 아주 강압적인 어조로 '우리는 선천적으로 타고난 능력'이 무모하게 사라지지 않도록 정신적인 게으름을 극복해야 한다는 메시지를 전했다. 또 유명한 작가들의 말을 인용하는 건 쉽지만, 우리는 모방이 아닌 자신의 지성知性을 사용해야만 한다고 강조했다. 즉, '우리는 단순히 독창성이 없는 모방자들로, 다른 사람들의 생각을 마치 우리의 생각인 양 말할 뿐이다'라고 주장했다. 그녀의 논문은 강한 자아의식을 보여주었다. 이 의식은 40년 후에 언론의 강렬한 공격에 맞서게 될 때에도 유감없이 발휘되었다.

레이첼은 유머감각도 갖추고 있었다. 그녀는 학교 친구들을 스케치해주고, 그 밑에 이름으로 3행시를 지어 넣기도 했다.

레이첼은 여학생 28명과 남학생 16명 중에서 1등을 했다.

부모님은 그녀가 수석으로 졸업한 것을 자랑으로 여겼고, 특히 중도에서 학업을 포기한 위의 두 아이와 비교해서 아무런 문제 없이 졸업해준 것이 고마웠다. 아들 로버트 2세는 결혼하여 아내와 아기를 두었는데도 여전히 부모 그늘에서 더부살이 중이었다. 한 번 이혼했다가 다시 결혼한 큰딸 마리안은 두 아이를 낳았다. 하지만 이번 결혼도 실패하고 말았다. 이 일은 레이첼의 삶을 완전히 뒤바꾸어놓았다.

어찌 됐든 레이첼은 고등학교를 졸업하는 5월의 밝은 아침에 새로운 모험과 가능성으로 가득한 대학에 갈 채비를 마쳤다.

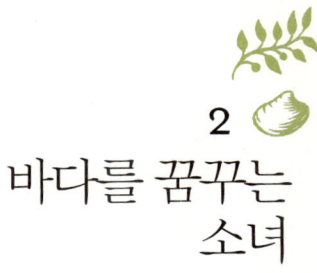

2
바다를 꿈꾸는
소녀

스프링데일에서 피츠버그에 있는 펜실베이니아여자대
학Pennsylvnia College for Women(이하 PCW)은 집에서 겨우 25킬
로미터 정도 떨어져 있었다. 하지만 캠퍼스에 도착하자 레이
첼은 새로운 세상에 온 듯한 착각에 빠져들었다. 학교는 피츠
버그 시내가 한눈에 내려다보이는 높은 언덕에 자리 잡고 있
었다. 마치 도시의 분주함 위쪽에 놓인 오아시스라고나 할까.
대학의 본관 세 채는 모두 아이비로 덮여 있었고, 주위는 온
통 푸른 정원으로 둘러싸였다.

그렇지만 한 가지 익숙한 것이 있었는데, 그것은 오염이었
다. 피츠버그는 전국적으로 매우 더러운 도시로 분류되었다.
공장 굴뚝마다 석탄 먼지를 내뿜어댔다. 이런 식으로 간다면
언젠가 캠퍼스의 공기가 산업 스모그로 진하게 덮일 것이고,

그렇게 되면 태양은 빛을 잃게 될 것이고, 잿더미가 공기 중에 둥둥 떠다닐 것은 불을 보듯 뻔했다.

그렇더라도 레이첼은 새로운 삶을 시작하는 것에 전율을 느꼈다. 1학년 영어 작문 시간에는 '나는 누구이며, 왜 이곳 PCW에 왔는가' 라는 제목의 에세이에서 뭔가 중요한 일을 하고 싶다는 뜻을 내비쳤다.

나는 18세 소녀로, 장로교회를 다니며, 스코틀랜드와 아일랜드 인의 피를 물려받았고, 작지만 좋은 고등학교를 졸업했다…… 이따금 목표를 잃어버리기도 하지만, 이내 다시 '눈부신 미래'를 위해 새로운 결의로 나 자신을 가득 채운다. 나는 꿈을 완벽하게 실현하지 못할 수도 있다. 하지만 사람은 누구나 자기의 능력을 넘어설 수 있거나, 아니면 하늘이 점지해 준 지점까지는 도달할 수 있다고 믿는다.

당시는 어머니 세대와는 다르게 레이첼 같은 젊은 여자들이 대학을 다니는 일이 종종 있었다. 그렇더라도 여성은 이 모든 것이 결혼과 어머니가 되기 위한 사전 준비에 불과했다. 그 시절 결혼한 여성들은 기저귀 빨래를 해놓고, 저녁 요리를 하기 전에 아이들에게 책을 읽어주고, 저녁식사 테이블에서 남편과 더불어 지적인 이야기를 나누며 사는 것이 그들 삶의 전부라고 여겼다. 결혼하기 전에는 학교 교사로 일하던가, 아니면 하급 사무직에 취업할 수 있었다. 그러나 의사와 변호사, 과학자 등은 엄두도 못 낼 불가능한 직업이었다. 이런 것들은 모두 '남자들의 전유물'이었다. PCW의 코라 쿨리지 교장은 여성들도 고등교육을 받아야 한다고 주장했지만, 그분 역시 그 시대의 여성이었다. PCW 여학생들은 예의범절과 적당한 사회적 행동을 훈련받았고, 사교 모임에 정기적으로 참석했다. 한 번은 레이첼이 친구와 아보카도가 잔뜩 제공되는 음료 파티에 간 적이 있었다. 여학생들은 아무도 아보카도를 먹지 않았다.

"어, 난 말이야, 맛있는 큼직한 빵에 젤리 샌드위치를 지금 당장 먹고 싶은데." 파티에서 나온 레이첼이 말했다.

카슨 부인은 레이첼을 PCW 말고 다른 학교에 보낸다는 생각은 전혀 해본 적이 없다. PCW는 집에서 가장 가까운 기독교 학교였고, 교육 수준도 높은 데다, 장학금도 지급했다. 등록금과 기숙사 비용, 책값, 그 외 다른 비용을 합치면 대략 1,000달러가 들었다. 레이첼은 장학금으로 200달러를 받았지만, 이것으로는 충분하지 않았다. 교장선생님은 레이첼의 잠재력을 알아차리고, 대학의 부유층으로부터 사적으로 혹은 비공식적인 원조를 받아 균형을 맞추었다.

여분의 비용인 옷을 사 입거나 교통비, 더러 사먹는 아이스

크림 값 등이 추가로 들었다. 그렇지만 학교에 다니는 동안 아르바이트는 하지 않았다. 엄마는 그녀가 공부에만 전념하기를 바랐기 때문이다. 반면에 카슨 부인은 피아노 레슨을 좀 더 늘리고, 어머니에게서 물려받은 도자기와 은그릇을 내다 팔았다.

집안이 부유한 PCW 학생들은 사교 모임에 적극적으로 참여했다. 당시는 사교를 중시하는 '시끌벅적한 1920년대' 중반이었으니까. 하지만 레이첼은 경제 상황만이 아니라, 관심사까지도 다른 학생들과는 사뭇 달랐다. 아마도 고등학교 동창생들은 레이첼이 운이 좋게도 피츠버그 대학과 카네기공대 근처의 학교에 다녀서 멋진 남학생들을 만날 기회가 많을 거라고 부러워했을 것이다. 이런 말을 들으면 레이첼은 내 전공은 문학이지 남자 아이들이 아니라고 속 시원히 대답했다. 어여쁜 드레스를 입고 사교 모임에 가는 것이 그녀의 목적은 분명히 아니었다.

카슨 부인은 가능한 한 레이첼의 새로운 세상을 함께 공유하려고 애썼다. 부인은 토요일이면 대부분 PCW로 가서, 레이첼과 함께 도서실에서 책도 읽고, 과제물을 타자해 주기도 하면서 시간을 보내고, 저녁이 되어 집으로 돌아왔다. 비록 대리만족으로 대학 경험을 해보지만, 이런 생활은 카슨 부인이 늘 꿈꾸던 모습이었다. 일부 레이첼의 친구들은 카슨 부인이 과하다 싶을 만큼 레이첼을 자랑하는 모습을 달가워하지 않았다. 몇몇 아이들은 부인이 너무 자주 캠퍼스에 드나든다고 '교직원'이라고 비아냥거렸다.

가을쯤 되자 레이첼은 매우 총명한 학생이라고 캠퍼스에 파다하게 소문이 났다. 그렇다고 이런 점이 늘 친구를 사귀는 데 유리하게 작용하는 것은 아니었다. 레이첼은 중심 그룹에는 전혀 속한 적이 없었다. 학생들은 집에서 만든 옷을 입고 다니고, 엄마와 긴밀한 관계를 유지하며 공부에만 열중하는 레이첼을 비웃었다.

어느 학교든지 불량학생은 있기 마련이다. 이따금 그들은 레이첼을 괴롭히기도 했다. 그들은 아무도 없을 때 레이첼의 침실로 살금살금 들어가 침대에 세제를 잔뜩 뿌려놓기도 했다. 레이첼이 유명해진 후에 한 친구가 "야, 머리 스타일이 바뀌니까 정말로 예쁘네"라고 말했다. 졸업앨범에서 레이첼의 사진을 보면 외모가 아주 돋보인 사랑스러운 젊은 여성의 모습이다. 아마도 레이첼은 일부 짓궂은 친구들의 부러움을 산 듯하다.

레이첼은 고전 영문학에서 두각을 나타냈다. 그녀는 셰익스피어와 밀턴, 디킨스와 스콧 등을 섭렵했다. 그중에서도 마크 트웨인은 가장 좋아하는 작가였다.

"마크 트웨인의 철학과 유머, 위선을 향한 직접적인 반감은 나를 사로잡았어요."

1학년 1학기가 끝나갈 무렵 레이첼의 성적은 상위권에 속했다.

"레이첼은 사교적이지는 않았지만, 그렇다고 사교성이 부족한 편도 아니었어요. 학자타입이었다고나 할까요. 그 시절에는 그런 건 좀 오명이었지만요." 레이첼의 친구가 회상했다.

"레이첼은 우리보다는 훨씬 더 학자 분위기가 났어요. 홀로 떨어져 있는 걸 좋아했고요. 그 애는 정신적인 충만함을 추구했어요. 누군가가 그 애에게 뭘 좀 부탁하면, 해주려고 맘먹으면 아주 성심성의껏 해줬어요." 또 다른 친구가 말했다.

레이첼은 운동을 좋아해서, 하키와 배구를 즐겼다. 체구가 작고 가냘팠지만, 운동을 할 때는 아주 다부졌다.

1학년 시절에 레이첼은 작문을 가르친 그레이스 크로프 조교수를 만나는데, 그녀는 레이첼의 훌륭한 스승이자 친구가 되었다. 크로프는 학생 신문인 〈에로우*The Arrow*〉와 문예잡지인 〈잉글리코드*The Englicode*〉의 자문역을 맡았는데, 레이첼에게 이 두 곳에 글을 실어보라고 격려했다. 〈잉글리코드〉에 처음으로 실린 레이첼의 단편은 「선박용 등燈의 거장*The Master of the Ship's Light*」이다. 우리는 이 작품에서 미래에 바다를 주제로 한 책을 집필하여 유명해진 레이첼의 저력을 볼 수 있다. 이야기 속에서 바다는 인간만큼 중요하게 묘사된다.

PCW에서 크로프 교수와 레이첼(오른쪽)

'길고 움직임이 둔한 파도가 얕은 해변으로 휩쓸려온다.'

'하얀 물거품이 바닥의 위협적인 암초들을 드러내 보인다.'

'성난 파도가 걷잡을 수 없이 황폐한 해안을 공격한다.'

'부서지는 파도 소리는 저 멀리 몇 킬로 밖까지도 들린다.'

한 번도 가본 적 없는 해안과 바다를 이렇게 생생하게 묘사
할 수 있는 것은 그녀가 바다와 관련된 문학작품을 숱하게 읽
은 덕분이다.

레이첼은 '눈부신 미래'로 향하고 있다고 믿으면서 PCW에
서 1학년을 마쳤다. 그녀의 첫 단편은 대학 문예잡지에 실렸
고, 1학년 우등생으로 뽑혔다.

PCW 학생들에게는 모두 과학 과목이 필수였다. 2학년에 올라온 레이첼은 생물학을 듣기로 했다. 같은 과 학생인 도로시 톰슨도 생물학을 선택했다. 도로시가 본 레이첼의 첫인상은 '말수가 적은 차가운 아이'였다. 하지만 금방 도로시는 레이첼이 실제로는 다정다감한 아이라는 것을 알아차렸다.

"실험 시간에 현미경으로 원생동물을 자세히 관찰하며 스케치하는 중이었어요. 그런데 놈이 하도 허우적거려서 초점이 맞지 않아 애를 먹고 있었어요." 도로시가 말했다.

"이걸 보고 스케치 해. 이건 별로 움직이지 않아서 초점이 잘 맞아." 레이첼이 도로시에게 자기 슬라이드를 주면서 말했다.

"내가 레이첼을 차갑게 본 것은 순전히 착각이었지 뭐예요." 도로시가 회상했다.

영문학이 전공인 레이첼은 문학과 과학은 엄밀히 말해서 명확히 다르다는 평범한 믿음이 있었다. 예술은 아름다움과 삶의 의미를 추구하는 반면에, 과학은 실생활에 필요한 실리주의를 추구한다고 믿었기 때문이다.

그러던 와중에 레이첼은 생물학 교수인 메리 스콧 스킨커 교수를 만났는데, 당시 생물학계에서 알아주는 인물이었다. 스킨커 교수는 우아하고 매혹적이며 쾌활했다. 자연을 향한 스킨커 교수의 열정은 레이첼과 잘 맞아떨어졌다. 둘은 산허리나 강어귀, 강바닥 등에 무엇이 사는지를 살펴보느라 늘 돌

메리 스콧 스킨커 교수

아다녔다. 레이첼에게 이런 행동은 어릴 적에 뒷동산으로 소
풍 가던 시절의 연장이었다.

레이첼이 대학에서 쓴 첫 에세이에서 '나는 자연의 아름다
움 모두를 사랑한다. 야생 생물들은 내 친구다'고 표현했다.
하지만 이것만으로는 자연의 아름다움을 충분히 표현할 수는
없었다. 그렇기에 점점 더 자연의 신비로움을 풀어보고자 하
는 열망이 커졌다.

과학에 강하게 매료된 레이첼은 생물학 수업이 끝나고도
계속 머물러서 끊임없이 스킨커 교수에게 질문하며 얘기를
나누었다. 화려하고 재기 넘치는 스킨커 교수는 레이첼에게
는 지적인 여성의 모델이었다. 곧바로 둘은 사람들에게 흥미
를 끌었다. 레이첼은 캠퍼스에서 그 누구보다도 유행에 뒤처

진 학생에다 키도 작았지만, 스킨커 교수는 키도 크고 호리호리한데다 옷매무새 또한 세련되었다. 하지만 스킨커 교수에게는 유행에 민감한 것 이상의 뭔가가 있었고, 학문적으로도 몹시 엄격했다. 교수는 노력하는 걸 존중했고, 게으름을 싫어했다. 미술을 전공하는 어떤 학생이 실험실에서 노트에 원생동물 스케치를 아주 정확하게 그린 것을 보고는 그 학생이 설령 생물학을 특출나게 잘하지 못했을지라도, 노력을 가상히 여겨 높은 점수를 주었다.

이와는 반대로 게으른 모습을 보면 영락없이 낮은 점수로 응해주었다. 한 번은 스킨커 교수가 영문학과에서 가장 인기 많은 여학생에게 C를 준 적이 있었다. 부유한 여학생의 부모는 총장에게 이를 항의하며, 은근히 스킨커 교수에게 점수를 올려 달라고 요구했다. 교수는 단번에 이를 거절했다. 이 사건을 계기로 교수는 캠퍼스에서 더욱 신비해졌다.

생물학이라는 새로운 세상에 매료된 레이첼은 한동안 글이 제대로 써지지 않았다. 크로프 교수 작문시간에 과제물을 제출하면서 레이첼은 그 위에 "내 글재주는 죽었어요. 그렇게 된 지 벌써 꽤 되었어요"라고 썼다. 하지만 2학년 2학기가 끝날 무렵 레이첼은 에세이와 소설을 쏟아냈다. 그중에는 가정에서 거의 관심을 받지 못하는 고양이가 주인공인 글도 있다.

넌 내가 염세주의자라고 생각하지? 너희도 내 입장이라면 아마
그럴걸?…… 이 집에는 아무도 내게 관심을 주지 않아.

어느 겨울 밤, 레이첼은 크로프 교수가 영어 과제로 내준 앨
프리드 테니슨 경의 시 「록슬리 홀」을 읽고 있었다. 시에서 젊
은 남자는 배를 타려고 기다리는 동안 잃어버린 사랑에 대해서
곰곰이 생각하는 중이었다. 그 시는 다음과 같이 끝을 맺었다.

안개가 들이치는 돌풍과 번개를 집어삼킨다.
안개여, 록슬리 홀로 밀려오렴.
비나 우박, 또는 불이나 눈과 더불어.
강풍이 일어 노호하며 바다로 밀려가면, 나도 가리니.

레이첼은 평생토록 이 시의 마지막 연을 잊지 못했다. 세월
이 흘러 그녀는 친구에게 편지를 썼다.

"세찬 비바람이 대학 기숙사 창문에 몰아치던 어느 날 밤,
「록슬리 홀」의 마지막 시구가 내 마음에 강하게 와 닿았어. 아
직도 그때의 강렬했던 감정이 기억나. 바로 그 마지막 대목이
내게 말을 걸었어. 내 길은 바다로 나가는 거라고, 내 운명은
어느 정도 바다와 연결되어 있다고. 여태 난 바다에 가본 적
은 없지만 말이야."

레이첼은 괴로웠다. 전공을 영문학에서 생물학으로 바꾸는 문제에 대해 고민 중이었다. 하지만 크로프 교수와 스킨커 교수와 상의한 끝에 그대로 영문학을 전공하고, 과학은 부전공으로 다루기로 했다. 그렇지만 이것으로 완전히 해결된 것은 아니었다. 레이첼의 단편소설 '고장 난 램프'가 권위 있는 오메가 문학상을 거머쥐며 스무 살 생일에 〈잉글리코드〉에 게재되었다. 주인공은 엔지니어로 아름다움과 기능을 겸비한 완벽한 다리를 디자인하고 싶어한다. 아마도 예술과 과학 사이의 갈등을 나타낸 듯싶다. 작품 속에서 이런 갈등은 주인공의 결혼 문제에도 반영되어 있다. 이것은 레이첼에게도 또 다른 고민거리였다.

그해 여름방학이 되어 스프링데일로 돌아간 레이첼의 삶은 힘겨웠다. 언니는 두 번째 남편과도 헤어져 어린 두 조카와 함께 집으로 돌아와 부모님에게 얹혀사는 중이었다. 8월에 오빠 로버트 2세도 고통스러운 결혼의 종말을 고하고, 역시 집으로 들어왔다. 레이첼은 하루빨리 가을이 와서 새 학기가 시작하기를 눈이 빠지게 기다렸다.

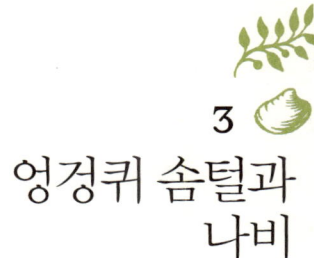

3
엉겅퀴 솜털과
나비

레이첼은 영문학과 과학 수업을 병행해서 들으며 3학년을 시작했다. 하루하루가 바쁜 나날이었다. 하키에서는 골키퍼를 보았고, 학교 신문에 글도 게재했고, 처음으로 여러 좋은 친구를 사귀었다. 메리 프라이와 도로시 톰슨은 레이첼보다 한 학년 후배로, 둘 다 레이첼처럼 스킨커 교수의 과학 수업에 열광했다. 마조리 스티븐슨은 역사 전공으로 레이첼의 가장 가까운 친구였다. 그녀도 역시 레이첼처럼 영문 고전을 읽었고, 독립적인 성향이 강하고 유머감각이 있는 친구였다. 레이첼과 마조리는 대학은 생각하도록 가르치는 곳이지 그저 어떤 사실을 암기하는 곳이 아니라고 믿었다. 그들은 교육은 마음의 거대한 모험이어야 한다는데 의견일치를 보았다.

스킨커 교수의 수업은 진정한 모험여행이라서, 점점 생물학 세계로 향하는 레이첼의 즐거움은 커져만 갔다. 그러다 또다시 전공을 바꾸는 문제를 두고 고민에 빠져 있을 무렵에, 그녀의 글 솜씨는 나날이 발전해갔다. 영문학 시간에 다양한 시적 형태를 공부하면서 그녀가 쓴 글이다.

엉겅퀴 솜털에 나비가 내려앉았네.
여름날을 대비해 내게 그대의 날개를 빌려줘요.
엉겅퀴 왕관에 무슨 도움을 줄 수 있을까?
엉겅퀴 솜털에 나비가 내려앉았네.
내가 그대처럼 하늘하늘한 겉옷을 걸치고
연보랏빛 꽃잎에 얽힐 수 있다면 좋겠네.
엉겅퀴 솜털에 나비가 내려앉았네.
여름날을 대비해 내게 그대의 날개를 빌려줘요!

이 시는 2운각 8행시인 고난도 형식으로 4행과 7행이 같고, 2행과 8행이 같다. 아울러 복잡한 형식에 맞추어보려는 지성의 도전임과 동시에 초월적인 주제를 다루고 있다. 당시 영문과 학생들은 이때를 생생하게 기억하고 있다.

우리는 의자에 편히 기대앉아서 크로프 교수가 우리가 낸 창작물 중에서 최우수 작품을 낭독하는 것을 경청했어요. 대부분 아주 진지하게 작품을 감상했죠. 교수가 낭독을 마치자……
모두 탄성을 질러댔어요. "어떻게 이런 글을 썼어?"하고 물었
더니, 레이첼은 "2운각 8행시는 가벼운 형식이야. 그래서 아주
가벼운 게 무엇이 있는지 궁리한 끝에, 나비와 엉겅퀴 솜털을
찾아냈어"라고 했죠. 레이첼은 우리가 무식한 걸 보고 당황했
을지도 몰라요.

그해 가을 필드하키팀에서 레이첼은 맹활약을 했다. 하키
팀에 들어가려면 자격조건이 학업이 우수하고 정기적으로 연
습에 참여해야만 했다. 비록 대기 선수로 시작했지만 레이첼
은 다른 아이들보다 더 많이 연습에 참여했다. 팀의 골키퍼가
라틴어에서 낙제를 하자, 레이첼이 이 자리에 들어갔다. 유니
폼인 헐렁한 푸른색 반바지에 까만 실크스타킹을 신고 발목
까지 오는 하얀색 운동화를 갖춰 신은 레이첼은 한동안 필드
하키에 빠져 있었다.

"레이첼은 몸이 민첩하고 패스 정확도도 높았어요. 게다가
골키퍼 역을 제대로 해냈어요." 한 친구가 말했다.

당시 필드하키는 매우 인기 있는 종목으로 PCW에는 아미
Army와 네이비Navy 두 팀이 있었다. 레이첼은 네이비의 골키
퍼였다. 네이비의 전통 마스코트는 염소였고, 아미는 개였다.
어느 날 두 팀이 시합을 했다. 레이첼은 팀의 마스코트인 염

PCW 필드하키 팀, 레이첼은 뒷 줄 오른쪽에서 두번째

소를 구해오겠다고 자원했다. 학교신문 〈에로우〉에 팀 멤버를 소개하는 란에 "엑스트라―염소 두 마리와 개 몇 마리"라는 글이 실렸다. 게임 마지막 쿼터에 갑자기 개 한 마리가 필드로 내달리더니 공을 물어뜯는 소동이 일어났다. 갑작스러운 소동에 이제껏 잠자코 있던 염소 두 마리가 흥분해 잠시 대혼란이 일어났다. 결과는 7대 2로 레이첼 팀이 승리했고, 양 팀의 마스코트인 개와 염소는 사슬에 묶이는 신세가 되었다.

겨울이 오자 또다시 전공을 생물학으로 바꾸는 문제로 고민에 빠졌다. 졸업하고 직업을 구할 것을 염두에 둔다면 이 문제는 아주 간단했다. 글 쓰는 일은 여성에게는 남부끄럽지 않은 직업이었기에, 안전한 선택인 셈이다. 반면에 여성 과학자는 거의 없었다. 과학을 전공하고 사회에 진출하면 대부분 교사로 나가거나 정부의 하급연구원으로 진출하는 것이 고작이었다.

하지만 레이첼은 생물학을 포기할 수 없었다. 도로시의 말대로 '제한된' 분야이긴 하지만, 그런 건 두렵지 않았다. 고심 끝에 레이첼은 변화를 선택했다. 어떻게 해서든지 이 분야에서 일거리를 찾아볼 작정이었다. 주위 사람 중에는 이 결정에 반대하는 사람도 많았다. 대학 총장은 레이첼이 작가로는 성공할 수 있다고 여겼지만, 과학자로서의 성공 여부는 장담하지 못했다. 일부 친구들 역시 마찬가지였다.

"야, 너 바보 멍청이니! 도대체 왜 그렇게 단순한 일을 하려는 거야? 그런 건 네가 할 일이 아니라고. 너처럼 글을 잘 쓰는 아이가 왜 생물학으로 바꾸는 거야!" 같은 과 친구가 레이첼에게 말했다.

그해 겨울은 레이첼에게는 행복한 시기였다. 어느 날 저녁, 폭설이 내리자 일부 학생들은 썰매를 탈 요량으로 식당에서 쟁반을 들고 나와 경사로로 올라갔다. 한참 썰매를 타고 숙소로 돌아온 레이첼은 몸을 말리고 파자마로 갈아입었다. 레이첼은 함께 썰매를 탄 친구들과 기숙사 난로 앞에 모여서 커피에 샌드위치를 먹으며 담소를 나누었다.

"내가 대학에 들어온 이후로 가장 멋진 시간이었어. 그 무 엇과도 바꿀 수 없는 추억이야." 레이첼이 메리에게 말했다.

졸업하려면 1년 반밖에 남지 않았는데, 생물학 필수과목을 이수하려면 시간이 촉박했다. 부리나케 영문과 몇 과목을 수 강에서 빼고 과학 수업을 추가했다. 레이첼은 동물학, 특히 해양생물에 관심이 많았다. 또한 레이첼은 계속해서 작품 활 동과 운동도 손에서 놓지 않았다. 그러는 와중에 3학년 댄스 파티가 열렸는데, 레이첼은 급하게 댄스파티에 참석할 준비 를 했다. 파티에서 웨스트민스터 대학에 다니는 청년과 데이 트가 약속되어 있었다. 레이첼에게는 조금은 작은 듯한 은색 구두가 있었는데, 그것을 파티에서 신고 싶은 마음에, 며칠 전부터 미리 신고 다녀, 구두를 약간 늘려놓았다. 이것은 그 런대로 효과가 있었다. 레이첼은 파티에서 '유쾌한 시간'을 보냈다. 댄스파티 이후로 그 청년과 몇 번 더 만난 듯했으나, 늘어난 수강과목을 듣는데도 시간이 빠듯했기에, 레이첼은 과학 공부에 전념했다.

봄이 되자 레이첼에게 청천벽력과도 같은 일이 일어났다. 스킨커 교수가 학교를 떠나기로 했다는 것이다. 스킨커 교수 가 레이첼에게 전공을 바꾸도록 권장한 것을 계기로 교수와 총장 사이의 긴장은 절정에 다다랐다. 총장 생각에는 젊은 여 성은 결국에는 결혼해서 가정주부가 될 터인데, 그들에게 과

학 공부를 시키는 교수가 못마땅하기 짝이 없었다. 또 다른
문제도 있었다. 총장은 학과장 자리는 박사학위가 있어야 한
다고 주장했고, 스킨커 교수는 석사학위가 전부였다. 그래서
교수는 존스 홉킨스 대학에서 박사과정을 밟기로 정했다. 레
이첼은 스킨커 교수를 따라가기로 마음먹었다. 존스 홉킨스
대학에서는 성적만 좋다면 굳이 졸업장이 없이도 대학원에
일부 학생들을 받아주는 제도가 있었다. 메리와 마조리에게
만 비밀을 털어놓은 레이첼은 입학을 허락해 달라는 허가서
를 제출했다. 한 달 후 레이첼은 입학허가서를 받았다. 하지
만 학사학위가 없는 학생들은 등록금을 더 많이 내야만 했다.
이미 PCW에 빚이 꽤 있는 레이첼은 전액 장학금이 필요했
다. 홉킨스 대학 측에 장학금을 신청하고 답변을 초조하게 기
다리면서 레이첼은 메리에게 편지를 썼다.

"아무튼 동기들과 함께 졸업하지 못하는 게 정말로 싫어.
아, 제발 이렇게 지독한 결정 좀 하지 않았으면 좋겠어."

결론부터 말하자면, 존스 홉킨스 대학은 레이첼이 원하는
전액 장학금을 제공하지 못했다. 어쩔 수 없이 레이첼은 PCW
에 눌러 있을 수밖에 없었다.

극적인 변화를 주도했던 3학년을 마치고 레이첼은 스프링
데일의 집으로 향했다. 평소와는 다르게 집에서 레이첼은 한
가로운 여름을 보냈다. 집으로 가져온 생물학 프로젝트를 연

구했고, 아르바이트로 고등학생 두 명에게 라틴어와 영어, 도형을 가르쳤다.

그해 여름에 스킨커 교수는 매사추세츠 주 케이프 코드 우즈의 해양생물학실험실에서 근무했다. 여름마다 세계 각국에서 온 과학자들이 다양한 프로젝트를 연구하러 해양생물학실험실로 모여들었다. 스킨커 교수는 레이첼과 자주 편지를 주고받았다.

"이곳 사람들이 작업에 몰두하는 모습이 참 보기가 좋아. 나도 이럴 때가 가장 좋거든. 여긴 생물학의 파라다이스라는 생각이 들어."

스킨커 교수의 편지를 받고 전율을 느낀 레이첼은 메리에게 내년에는 꼭 같이 해양생물학실험실에 가서 일할 기회를 갖자고 하며 부러움을 토로했다.

여름 내내 레이첼과 메리는 PCW 과학클럽을 만드는 계획을 세웠다. 이름은 '무 시그마Mu Sigma'라고 정했는데, 스킨커 교수의 이니셜을 그리스어로 표기한 것이다. 이 문제와 관련하여 레이첼은 총장과의 마찰을 예견했다.

"우리 학교에는 과학 전공이 없는 것이나 다름없어." 레이첼은 메리에게 편지를 썼다.

그런데 어찌 된 일인지, 새 학기가 시작되고 총장이 이 계획을 승인해준 것이다. 그런데 한 가지 슬픈 소식이 날아왔다.

레이첼이 대학에 들어와 가장 먼저 마음을 준 크로프 교수가 PCW를 떠난다는 것이다. 레이첼은 스킨커 교수가 떠날 때와 마찬가지로 이번에도 대학 측의 잘못이라고 생각했다.

스킨커 교수 자리에는 조직학과 발생학, 유전학 과정을 가르치던 애나 R. 화이팅 박사가 임명되었다. 화이팅 박사는 PCW에서 기용한 첫 기혼 여성이었다. 박사는 아이오와 주립 농과대학에서 복제를 통해 종을 개발하는 우생학 박사학위를 받았다. 박사는 소를 사육하는 프로그램을 운영했다. 박사의 교육법과 관심은 스킨커 교수와는 사뭇 달랐을뿐더러 과학실험이나 현장조사에 별반 관심이 없었다.

잃어버린 시간을 보충하고자 레이첼은 새로 신설한 화이팅 박사의 수업을 전부 들었고, 물리학과 유기화학도 수강했다. 이 정도만으로도 부담스러운 것이었는데, 레이첼은 독일어까지 추가로 공부했다. 레이첼과 도로시는 화이팅 박사의 수업이 '웃기는 짓'이라고 스킨커 교수에게 일러바쳤다. 이상하게도 화이팅 교수는 실험 수업이 몹시 서툴렀다. 레이첼과 메리는 이런 보잘것없는 교육을 받다가는 졸업도 못하게 될지도 모른다고 불안해하며 조바심을 쳤다. 스킨커 교수도 자신의 후임으로 화이팅 교수를 추천한 것을 크게 후회했다.

"내가 이번 일을 이렇게 만든 걸 얼마나 후회하는지 너희는 모를 거야."

학교를 졸업할 무렵 레이첼은 PCW에 무려 1,600달러나 빚지게 되었다. 이 빚은 졸업할 때까지 꼭 갚아야 하는 돈이었다. 땅은 많았지만, 절대적으로 현금이 부족한 레이첼 부모님은 스프링데일 일부 구획을 딸에게 주었다. 레이첼은 이 땅을 PCW에 담보로 넘기고 빚을 당분간 유예했다.

봄이 되자 레이첼은 존스 홉킨스 대학에 다시 대학원 입학허가신청서를 넣었고, 즉시 동물학대학원에 입학해도 좋다는 승낙을 받았다. 또다시 레이첼이 장학금을 받도록 스킨커 교수를 비롯해 PCW 교수진들이 발벗고 나섰다. 그러던 4월의 즐거운 어느 날, 레이첼은 홉킨스 대학 측이 1년간 전액 장학금을 지급하겠다는 기쁜 소식을 전해왔다. 학교신문 〈에로우〉는 이 소식을 자세히 전했다.

레이첼 카슨 장학금 타다

존스 홉킨스 대학 측이 수여한 이번 장학금은 독자적으로 연구활동을 할 수 있는 학업성적이 우수한 7명에게 지급되었다. 레이첼 카슨은 그중 한 명에 들었다. 이 영예로운 장학금은 여성에게는 좀처럼 수여하지 않는다.

봄에 더욱 흥겨운 소식 몇 가지가 전해졌다. PCW는 졸업생이 우즈의 해양생물학실험실에서 여름에 '보조연구원 자

레이첼의 대학 졸업 사진(1929)

격'으로 일할 수 있도록 후원할 계획을 세워, 등록금과 실험실 비용을 지급하겠다고 했다. 스킨커 교수는 레이첼을 추천했고, 대학 측은 이를 수락했다. 레이첼은 수준 높은 과학자들과 대학교수들과 함께 6주간을 보낼 기회를 얻었다. 1년이 레이첼보다 늦은지라, 아직 대학생인 메리 프라이는 자비를 들여 학생 신분으로 참가했다. 그 여름, 레이첼과 메리의 꿈이 막 실현되기 시작했다.

PCW 졸업식은 6월 10일 월요일에 대학예배당에서 거행되었다. 레이첼은 같은 과 학생 70명 중에서 최고 우등 세 명 가운데 2등으로 졸업했다. 레이첼의 부모님도 이 자리를 빛내주었다. 레이첼은 가족 중에서 4년제 정규대학 프로그램을 마친

첫 번째 구성원으로, 앞으로 일류 대학에서 계속 공부할 전망
이 창창한 사람이었다.

어찌 됐든 총명하고 재능 있는 레이첼은 PCW를 떠나는 것
이 기뻤다. 다음 해에 후배인 도로시가 똑같은 우등상으로 졸
업하자 편지를 썼다.

"보잘것없는 PCW의 우등상을 탄 것에 난 전혀 신경 쓰지
않았어. 그래도 졸업식에 참석한 가족들은 내가 아무런 상도
타지 않았다면 실망했을 거야. 그래서 내가 우등상을 탄 것이
기뻤어."

레이첼은 이제 자신은 작가가 아니라 과학자라고 여기면서
PCW를 떠났다. 하지만 마조리는 졸업앨범에 레이첼에게 이
런 글을 남겼다.

레이첼, 부디 내가 거칠고 드센 여성 생물학자에 대해서 얘기
해준 것 꼭 기억해. 난 아직 네가 유명한 작가가 될 거로 생각
해. 그리고 제발 개구리와 해골 등을 너무 심각하게 받아들이
지는 마…….

4
가리비는
어떻게 수영할까?

스프링데일의 오염은 점점 심해졌다. 발전소에서 뿜어내는 어마어마한 독소가 물과 대기로 쏟아져 나왔다. 강을 이용하는 수송량은 늘어났고, 공장에서는 기름과 석탄 먼지가 뒤섞인 폐수가 강으로 흘러나와, 강물을 갈색으로 칙칙하게 만들었다. 집으로 돌아온 레이첼은 집 뒤에 있는 숲과 들판을 한가로이 거닐면서 며칠을 보냈다. 이곳은 레이첼이 어린 시절을 보낸 곳이지만, 이제는 하루빨리 떠나고 싶어 안달이 났다. 오랫동안 꿈꿔온 바다로.

레이첼은 존스 홉킨스 가을학기에 등록하고자 기차를 타고 스프링데일을 떠나 볼티모어로 갔다. 우선 기거할 곳을 찾는 것이 급선무였다. 대학에는 기숙사가 딱 하나 있었지만 그것은 남학생들의 몫이었다. 그래서 캠퍼스 밖에 방을 마련하고

서, 스킨커 교수가 머무는 별장이 있는 버지니아 주 스카이랜드로 향했다.

레이첼은 산 아래 도착하여 6킬로미터 정도 말을 달려 별장에 도착했다. 이제는 좋은 친구가 된 둘은 테니스를 하고, 언덕에서 하이킹을 즐기기도 하고, 말을 타며 즐거이 일주일가량 보냈다. 두 사람은 이야기를 아주 많이 나눴다. 스킨커는 레이첼이 여성이 거의 탐험하지 않은 과학 세상으로 들어가는 문이었다.

PCW 시절에 스킨커 교수가 어깨에 꽃 브로치를 하고 저녁 식사 자리에 나타나자, 학생들 사이에서 교수에게 비밀스러운 애인이 생겼다는 추측이 난무했다. 애인이 생긴 건 맞지만, 얼마 가지 않아 교수는 약혼을 파기했다. 직업과 결혼을 동시에 가질 수 없다는 것을 알게 된 것이다. 그것은 당시에는 불가능한 일이었다. 결혼한 여성은 집에서 가족을 돌보아야 한다고 여겼고, 미혼 여성은 그 누구의 아내도 어머니도 아니므로 '부자연스러운' 것으로 간주하였다. 레이첼은 언니와 오빠의 이혼을 보고는 결혼에 대한 환상은 갖지 않았다. 스킨커 교수와 마찬가지로 레이첼도 부단히 목표만을 추구해야만 한다고 믿었다.

사랑스럽고 즐거운 나날을 보내고 나서 레이첼과 스킨커는 오랫동안 걸어서 산 밑으로 내려왔다. 다음날 이른 새벽에 레이첼은 해양연구소로 향했다.

"맑고 추운 새벽에 배를 타고 우즈로 향하는 길은 찬란 그 자체였어요."

레이첼이 배의 난간을 붙잡고는 현기증이 날 정도의 흥분과 주체할 수 없는 미소를 머금은 모습을 상상해보라. 어린 시절부터 바다를 꿈꾼 레이첼 카슨이 드디어 '바다'에 서게 된 것이다.

현실은 종종 꿈꾸던 것만큼 찬란하지 않다. 하지만 우즈 해양연구소는 황홀 그 자체였다. 이곳은 연구 실험실마다 바다가 정면으로 보이는 긴 널찍한 창문이 있었는데, 이 창을 통하여 바다의 생물과 서식지를 탐험할 수 있었다. 도서실에는 각국에서 온 서적과 출판물이 가득 차 있었다. 훗날에 레이첼이 『우리를 둘러싼 바다 *The Sea Around Us*』라는 베스트셀러를 출간했을 때, 기원이 된 곳이 바로 이곳이다. 레이첼은 이곳에서 바다에 관한 자료를 하나하나씩 모으기 시작했다. 우즈 해양연구소는 일하기에 최적의 장소였다.

레이첼은 우즈-홀에서 6주간 머물렀다. 레이첼과 메리는 경비를 최소화할 요량으로, 방 하나를 같이 쓰며 일주일에 4달러를 냈고, 일주일에 7달러를 내고 연구소 식당에서 식사를 해결했다. 레이첼의 경비는 PCW에서 지급했다. 이곳은 생물학자들에겐 낙원이었다. 보조연구원들은 관련된 프로젝트를 진행하는 다른 사람들과 더불어 실험실 테이블에서 일했다. 식사는 가정에서 먹는 것과 비슷했고, 대화는 늘 활력이 넘쳐났다. 여성들도 동등하게 대접받았다. 우즈 해양연구소에는 여성들만의 실험실이나 테이블을 별도로 마련하지 않았다.

"이곳은 사방이 바다야. 어디든지 바다와 연결되어 있지." 레이첼이 도로시에게 편지를 썼다.

레이첼은 처음으로 배양이나 그림이 아닌 직접 눈으로 해양생물을 접했다. 그동안 가리비가 어떻게 수영을 하는지가 궁금했던 레이첼은 그들이 껍데기를 절반 정도 벌린 모습을 지켜보았다. 마치 그들은 물을 한 입 베어 물기라도 하듯이 순식간에 입을 다물더니 흐름을 타며 앞뒤로 위로 아래로 옆으로 움직였다.

껍데기 가장자리에 한 30~40개 정도 되는 눈이 붙어 있는데, 가리비는 과연 그 눈으로 무엇을 볼까?

우즈의 여름은 정신적인 삶만을 풍족하게 해준 것이 아니었다. 메리는 레이첼에게 수영을 가르쳐주었고, 가끔 테니스를 했다. 그리고 둘은 한가로이 해변에 앉아 여유를 즐기기도 했다.

탐험보트를 탄 레이첼(1929년, 우즈-홀)

"갈색으로 바뀐 피부를 보고 완전히 절망했어. 바닷바람에 거칠어진 내 몰골은 그렇다 치고 얼굴은 완전히 주근깨투성이가 됐어." 레이첼은 도로시에게 편지를 썼다.

연구소에서 소풍도 가고, 밤에는 즐겁고 시끄러운 사교 모임이 열리기도 했다. 레이첼은 가족과 관련된 근심 걱정 다 잊어버리고, 아주 태평하게 지냈다.

존스 홉킨스 대학의 해양생물학자 R. P. 커울스 교수도 그 해 여름을 우즈에서 보냈다. 그는 다가올 가을학기에 레이첼을 가르칠 교수였기에, 두 사람은 레이첼의 실험 프로젝트에 대한 이야기를 많이 나누었다. 이번 프로젝트는 레이첼이 석사학위를 따는 데 많은 도움이 될 터였다.

"거북을 제외하고는 파충류 말초신경에 대해 알려진 것이 하나도 없더라고. 그래서 뱀과 도마뱀, 아마 악어 정도까지 연구해볼 작정이야." 레이첼은 도로시에게 편지를 썼다. 화이팅 박사의 수업이 전혀 근거가 없다는 걸 알게 되었다는 말도 덧붙였다.

"화이팅 교수의 수업은 더 안 듣는 것이 좋을 거야. PCW에서는 생물학을 아예 배우지 않는 게 훨씬 더 나아."

레이첼은 책도 읽고, 연구실에서 일도 하고, 친구들과 웃으며 해안을 거닐기도 하면서 자신이 가야 할 길을 찾았다는 것을 명확히 알았다.

학기를 시작하기 전에 레이첼은 어업국 과학연구부의 앨머 하긴스를 방문했다. 과학 분야에서, 특히 해양생물학에서 여성이 할 수 있는 일자리를 알아볼 심산이었다. 어업국에는 어떤 일자리가 있을까? 하긴스는 솔직담백한 사람이었다. 전체 자연을 포괄하는 생물과학 분야와 각종 연구 활동은 모두 남자들을 위한 몫이므로 여자들에게는 기회가 없다고 했다. 하긴스도 레이첼도 재앙적인 주식시장이 단지 몇 주 만에 붕괴하리라는 사실은 전혀 예측하지 못했다. 또한 연이어 발생한 대공황이 레이첼이 여자라는 사실만큼 연구 활동에도 악영향을 끼칠 것을 짐작도 못 했다.

레이첼은 PCW에서 스킨커 교수와 비교해부학을 연구했었다. 커울스 교수가 그녀의 대학노트를 자세히 살펴보더니, 연구가 아주 우수하다며 레이첼을 월반해주기로 했다. 하지만 세계적으로 유명한 생물학자 H. S. 제닝스 교수의 유전학 수업을 들으면서 레이첼은 다시 한번 화이팅 교수의 수업이 얼마나 형편없었는지를 깨달았다. 생리학 수업은 홉킨스 대학에서 모든 학위 지원자에게 공포의 대상으로 소문난 마스트 박사가 가르쳤다. 마스트는 기말시험을 보지 않고 리포트로만 평가했다. 레이첼의 리포트를 읽은 그는 'very good'이라는 평가를 했다. 훗날 이 소식을 들은 스킨커 교수가 도로시에게 말했다.

"내가 그런 점수를 받았다면 아마 구름 위를 둥둥 떠다니는 느낌이었을 거야. 레이첼은 바랄 게 더는 없는 수준에 도달해서, 그곳 사람들의 시기를 한몸에 받고 있을 거야."

레이첼은 존스 홉킨스의 생활이 행복했다.

"교수님들은 아주 뛰어나고, 학생들은 훌륭한 집단이야." 레이첼이 메리에게 말했다.

"실험실은 내 전부나 마찬가지야. 석사학위를 딸 때까지는 이곳에 죽치고 있어야 할 거야." 레이첼은 도로시에게 편지를 썼다.

　이런 평화로운 시절을 잠시 보내다가 레이첼은 다시 가족과 합치게 되었다. 대공황의 스트레스를 이기지 못한 아버지의 건강이 나빠졌다. 증권시장이 붕괴한 1929년 전국의 기업은 줄줄이 문을 닫았다. 1,600만 명이나 되는 노동자가 직장을 잃었다. 카슨 집안의 가세도 점점 기울어져 좀더 싼 곳으로 이사해 딸 레이첼과 합치기로 했다.

　레이첼은 볼티모어 외곽에 있는 집을 임대했고, 부모님은 1930년 봄에 그녀와 합류했다. 직업을 구하려면 피츠버그보다는 볼티모어가 더 전망이 밝았고, 부모님은 빈약한 자금이나마 최대한 도움을 주려고 노력했다. 마리안 언니와 조카들은 6월에 합류했다. 이번 집은 스프링데일의 농가보다는 더 컸고, 실내에 수도시설이 있어 명백한 장점이 있었다. 레이첼은 뒷문 밖으로 나가면 바로 사랑스러운 숲과 연결되어 있는 이 집이 마음에 들었다. 게다가 큼지막한 벽난로도 있었다. 홉킨스 대학에서 첫 학기를 보낸 시기가 레이첼과 카슨 여사가 이제껏 떨어져 살았던 가장 긴 시간이었다. 이 순간부터 카슨 부인이 죽을 때까지 두 사람은 함께 살게 된다. 카슨 부인은 집안일을 돌보았는데, 가사 일에 전혀 흥미를 못 느끼는 레이첼에게는 여간 고마운 일이 아니었다.

　레이첼의 친구 도로시 톰슨이 새로 이사 온 집을 방문했다.

PCW 학생들은 카슨 부인을 별로 좋아하진 않았으나, 도로시는 예외였다.

"아줌마는 맘씨가 좋은 분이셨어요…… 레이첼을 여러모로 뒷받침해줬어요. 아줌마에게는 레이첼이 전부였어요. 저는 그걸 이해할 수 있었기에, 그분과 잘 지냈어요." 도로시가 말했다.

레이첼은 어머니의 희생을 잊지 않았고, 아낌없는 후원에 감사했다. 분명히 레이첼도 홀로 있거나 친구들과 있는 것보다도 어머니와 있는 것을 더 좋아한 순간도 꽤 많았을 것이다.

대공황이 점점 깊어질 무렵 기업들은 점점 줄어들었고, 여전히 실업자들은 넘쳐났다. 이렇게 경제적으로 고통받는 세상에서 레이첼도 가족을 부양해야 했기에 직업을 구해야 했다.

여름학기 동안에 존스 홉킨스 대학에서 학부 동물학을 가르친 그레이스 리피 교수는 레이첼을 실험실 조교로 고용했다. 레이첼은 45명 학생의 장비를 씻고 정리하여, 학생들의 실험을 돕는 일을 맡았다. 두 명이 함께 일했는데, 여름학교를 네 번 더 맞으며 서로 협력하며 일했다.

레이첼은 2학년에도 작년과 같은 액수의 장학금을 받았다. 하지만 등록금이 오른 상태였다. 실험실에서 번 돈으로는 가족을 부양해야 했고, 그중 아주 약간 떼어서 PCW 빚을 줄여나갔다. 그러다 보니 오른 등록금 차액을 낼만한 여유가 없었다. 결국 레이첼은 장학금을 포기하고, 시간제 학생(한 학기에 12학점 미만을 듣는 학생-옮긴이)으로 학교에 다니면서 일자리를 찾아보기로 했다. 그러던 와중에 레이첼은 대학의 생물학협회 조교 일을 맡게 되었다. 그 외 학교 수업양도 많았기에, 레이첼은 사적인 연구를 할 시간은 엄두도 내지 못했다. 그녀는 이런 상황에 대해 도로시에게 편지를 썼다. 끝마무리를 보면 비통한 좌절감이 나타나 있다.

"수강과목조차도 공부하기가 여간 힘들지가 않아. 올해는 작년보다 더 상황이 나빠. 때로는 논문과 관련된 단서조차 찾지 못한다는 생각이 들어. 한꺼번에 두 가지 일을 한다는 건 아무런 효용이 없어…… 아마존 여전사라면 모를까."

레이첼은 석사학위 논문을 완성하려고 고군분투했다. 파충류 연구도 이렇다 할 결과를 내놓지 못했고, 특히 다람쥐 연구는 포기할 지경에 이르렀다.

"다람쥐들은 도무지 새끼를 낳을 생각을 안 해요…… 수태가 되질 않아요. 아무런 문제도 없는데…… 한마디로 말해서 모든 게 수포로 돌아간 것 같아요." 레이첼이 말했다.

레이첼은 늘 돈 때문에 걱정이 많았다. 급기야 2월에는 PCW 재무팀에게 학자금 대출금을 매달 갚을 수 없게 되었다는 편지를 썼다.

널리 퍼진 대공황과 실업으로 말미암아 가정 경제가 많이 어려 워졌다는 말은 요즘 사방에서 반복되는 진부한 이야기라고 생 각합니다. 그렇지만 요즘 제 환경이 이를 극복하기에는 너무나 어려움이 많습니다. 지난여름 이후로 아버지가 계속 편찮으셔 서 지출이 늘었지만 실질적인 수입원은 저밖에 없습니다. 가족 은 제 벌이에 모두 의존해야 할 형편으로, 그러다 보니 지난달 에 보내야 할 대출금을 보내지 못했습니다. 이런 소리를 하는 게 면목없지만, 앞으로 몇 달간 제 형편이 더 나아질 기미가 보 이지 않습니다. 죄송합니다.

로버트 오빠가 1931년 초에 가족과 합류하고자 볼티모어로 왔다. 오빠는 라디오 수선가게에서 일자리를 찾기는 했지만, 대공황이 깊어지면서 일꾼들은 때때로 이상한 방식으로 급료 를 받았다. 한 번은 현금으로 급료의 5분의 3을 받고, 나머지 는 페르시안 고양이와 새끼들을 받아왔다. 고양이 이름은 밋 지였다. 레이첼이 농장에서 많은 고양이와 함께 성장하긴 했 지만, 어린 시절부터 가장 좋아하는 동물은 강아지였다. 하지 만 밋지와 그 새끼들이 취향에 변화를 주었다. 이후로 버지, 키토, 티피, 머피, 모펫, 제피가 레이첼의 가족이 되었다.

레이첼은 계속해서 리피 교수와 여름학교 일을 했고, 수시 로 도로시와 편지를 교환했다.

"뚜렷한 사고력과 독창성을 지닌 빈틈없는 학생들과 일하는 게 참 좋아."

학기 중에 레이첼은 메릴랜드 대학에 치·약학연구소에서 생물학 조교 일자리를 하나 더 구했다. 그곳 직원 중에서 레이첼이 유일한 여성 생물학 조교였다.

새로운 일거리는 그녀에게 돈을 안겨주었지만, 점점 더 논문은 미루어졌다. 레이첼은 논문을 쓸 새로운 주제를 찾아야 했다. 메기 연구가 장래성이 있어 보여 '전신前腎head kedney'을 집중적으로 연구할 계획을 세웠다. 이 기관은 메기의 알이 수정된 직후에 형성되는데, 다 자라날 때까지 신장과 같은 기능을 담당한다.

레이첼은 영어와 독어, 불어, 이탈리아어 등으로 된 책과 기사를 모조리 조사했다. 그녀는 수정란 수백 개를 해부했고, 현미경으로 관찰해보고자 슬라이드를 준비했다. 슬라이드를 보면서 스케치도 마쳤다. 하지만 수업양이 많은데다, 실험실 일도 해야 하고, 볼티모어에 있는 존스 홉킨스 대학에서 메릴랜드 대학까지 가려면 100킬로미터가 넘는 거리를 왕복으로 다녀야 했기에 파김치가 되었고, 결국 제시간에 졸업하지 못하고 말았다.

1932년 봄에 드디어 레이첼은 논문을 완성했고, 5월에 구두시험에 통과했다. 논문평가 심사위원들이 평하기를, 레이첼은 "주제와 관련된 문헌을 훌륭하게 검토했고, 이례적으로 비판적 견해로 이 주제를 검토했다"고 했다. 마침내 1932년 6월 14일, 레이첼은 석사학위를 받는 영광을 누렸다.

레이첼은 존스 홉킨스 대학에서 계속해서 박사학위를 따고 싶어, 가을에 동물학특론 과정에 등록했다. 그녀는 여전히 메릴랜드 치·약학 연구소에서 일했다. 하지만 경제적으로 공황이 깊어지면서 레이첼 가족의 상황도 다른 사람들처럼 마냥 나빠졌다. 레이첼의 언니와 오빠의 수입은 들쭉날쭉했다. 마리안 언니는 자주 몸져누웠고, 로버트 오빠는 꾸준한 일자리를 찾는데 어려움이 많았고, 아버지의 건강은 점점 악화하였다. 레이첼이 가족의 유일한 수입원일 때가 잦았다. 1933년 가을에 어쩔 수 없이 박사학위 과정을 포기할 수밖에 없었다.

그렇다고 이제껏 경험해온 것들이 완전히 헛된 건 아니었다. 레이첼은 박사과정에서 뱀장어를 연구했다. 물에 소금의 농도를 바꾸어가면서, 뱀장어가 강에서 바다로 이동하는 동안에 염분의 상태변화를 주시했다. 10년 후 레이첼이 바다를 주제로 한 첫 책 『바닷바람 아래서』를 출간하는데, 이 작품에 주로 나오는 바다생물 가운데 뱀장어도 있었다. 레이첼은 뱀장어의 삶을 생생하고 매혹적이리만큼 세밀하게 묘사했다.

금전적인 문제는 끊임없이 레이첼을 괴롭혔다.

"이런 말을 하게 되어 유감이지만, 정기적으로 학교에 돈을 보낼 수 없게 되었습니다. 어쩔 수 없이 제 첫 번째 의무는 부모님이고, 제가 타는 급여 한푼 한푼이 모두 곤궁한 생활에 들어갑니다." 그녀는 PCW에 편지를 썼다

끝내 레이첼은 담보로 잡힌 스프링데일의 땅을 PCW에 넘겨주고 채무관계를 매듭지었다.

레이첼은 풀타임으로 가르치는 일을 찾아보았으나, 이런 일을 구하기란 하늘의 별 따기였다. 거의 2년 동안 레이첼이 한 일이라고는 고작 리피 교수의 여름학교에서 조교 노릇이 전부였다. 이것에 낙담한 레이첼은 대학시절에 써놓은 시와 단편소설 몇 편을 다시 가다듬어 〈리더스 다이제스트〉, 〈선데이 이브닝 포스트〉 등을 포함한 몇몇 잡지사에 보냈다. 하지만 보기 좋게도 고배苦杯를 마시고 말았다. 그런데 펜을 들고 다시 글을 다듬는 과정을 겪으면서 글을 쓰고 싶다는 열망이 되살아났다.

1935년 6월 6일, 레이첼의 가족에게 돌연 변화가 찾아왔다. 레이첼의 아버지는 몸이 좀 안 좋다고 말하면서 부엌으로 들어왔다. 어머니와 몇 마디 나누고는, 뒷문으로 나가더니 풀 위에 털썩 고꾸라졌다. 이 모습을 카슨 부인이 목격하고 달려갔다. 얼마 후 그는 부인의 품에서 숨을 거두었다. 카슨 부인은 남편의 시신을 배에 태워 남편의 여동생들이 사는 펜실베이니아로 옮겨, 여동생들의 주관 하에 장례식을 치렀다. 여비

를 마련하지 못한 레이첼 가족은 아무도 고인의 가는 길을 함
께하지 못했다.

사랑하는 강아지와 함께

5
바다 밑의
로맨스

레이첼은 일자리가 필요했다. 1935년에 스킨커 교수의 제 안으로 동물학 분야의 연방 공무원 자리에 응시했다. 스킨커 교수는 레이첼에게 엘머 하긴스와 다시 한번 만나서 일자리 얘기를 해보라고 부추겼다. 하긴스는 당시 어업국장이 되어 있었다. 어업국에서는 해양생물에 관한 자료는 모조리 모았고, 어업을 여러 방면에서 지원했다. 하지만 레이첼에게 줄 이렇다 할 일자리는 없었다. 단지 그에게 풀어야 할 숙제가 한 가지 있었다. 어업국에서는 교육용으로 해양생물에 관한 52부작 라디오 시리즈를 계획했는데, 그곳 과학자들은 생물학에 대해서는 전문가였지만, 대본을 써야 하는 그들의 글 솜씨는 전문성만이 강조되어 너무 무미건조했다. 라디오 작가들은 생물학이라는 전문적인 분야를 알지 못했기에, 대본 쓰는 일은 난항을 거듭하고 있었다. 공식적으로 이 시리즈의 제목은 '바다 밑의 로맨스'였고, 직원들은 '7분짜리 물고기 이야기'라고 불렀다.

"혹시 글을 써 본 적이 있나요?" 하긴스가 물었다.

레이첼은 대학에서 처음에는 영문학을 전공하면서 대학출판물에 기사나 단편을 실었다고 했다.

"나는 당신의 글을 한 번도 본 적은 없지만, 당신에게 기회를 줘볼 생각입니다." 하긴스가 말했다.

하긴스는 그녀에게 표본원고를 몇 장 써 달라고 제안했다. 레이첼의 표본원고는 아주 훌륭했다. 글을 쓸 수 있는 생물학자를 찾은 것이 기쁜 하긴스는 일주일에 13달러를 주고 그녀를 기간제로 고용했다.

"나는 글 쓰는 것을 영원히 포기했어요. 전공을 바꾸고 나서 다시 글을 쓰리라고는 꿈에도 생각지 못했어요." 레이첼이 말했다.

레이첼은 이 일을 아주 잘해냈다. 게다가 라디오대본을 쓴 자료를 활용하여 〈볼티모어 선〉에 상세한 기사를 실었다. 〈볼티모어 선〉의 담당 편집자는 레이첼의 원고를 손꼽아 기다렸다.

"다시 소식을 받으니 기쁩니다. 특히 빼어난 글을 받으니 더욱 기쁘네요." 그는 레이첼에게 편지를 썼다.

레이첼이 〈선〉에 실은 첫 작품은 청어잡이에 관한 것으로, 독자들에게 사랑스러운 청어알이 점점 사라지고 있다는 인식을 심어주었다. 물고기 알만큼 청어에게도 주의를 기울이지 않는다면 청어를 잃는 위험에 처할 수 있다는 내용이었다. 레이첼은 청어 개체 감소는 파괴를 조장하는 조업방식과 오염 탓이라며 경종을 울렸다.

체서피크 만 지역에 사는 이 인기 어종을 위험에서 벗어나게 하려면 어부의 복지 외에도 청어의 복지도 함께 고려한 규제책이 행해져야만 한다.

이 기사의 이름은 R. L. 카슨으로 나갔다. 어업국에서 일하는 기간에 레이첼 루이스 카슨이라는 풀네임보다는 R. L. 카슨이라는 이니셜을 사용했기 때문이다. 이것은 우연이 아니라 일부러 그런 것이다. 주로 경제 문제나 과학적인 문제 등을 다루는 정부발행출판물에서 레이첼의 글을 본 그녀의 상사들은 그 글이 남자가 쓴 글이라고 여긴다면 훨씬 더 효율적이라는 생각을 하게 되었다. 이것이 성별 구별이 확실하지 않은 R. L. 카슨을 작가명으로 사용하게 된 배경이다. 이런 기만적인 생각은 당시 여성을 보는 편견을 반영한 시대상이라 볼 수 있다.

〈볼티모어 선〉은 레이첼에게 원고료로 20달러를 지급했는데, 이것은 그녀의 2주치 벌이와 맘먹었다. 한 달 후에 하긴스는 레이첼에게 바다를 주제로 한 소책자에 실을 해양생물학 입문서를 써 달라고 청했다. 글의 제목을 '물의 나라'로 정한 레이첼은 글을 쓰기 시작했는데, 쓰다 보니까 입문서라기보다는 오히려 에세이에 가까웠다. 글이 완성되자 레이첼은 하긴스에게 보여주었다. 그는 의자에 앉아 원고 페이지를 넘기며 말했다.

"내 상사도 이 글을 읽었어요. 눈을 번득이며 도로 돌려주더군요. 이 글은 소책자에는 어울리지 않는 것 같군요. 다시 써 줘요. 대신에 이 글은 애틀랜틱으로 보내는 게 좋겠군요."

순간 레이첼은 놀라움을 금치 못했고, 그의 반응에 만족했다. 당시 〈애틀랜틱 먼슬리〉는 주도적인 문학잡지였다. 하지만 그녀의 생각으로는 이번 글은 〈애틀랜틱 먼슬리〉로 가기에는 아직 터무니없이 낮아서, '문학적'으로 가다듬을 필요가 있었다. 그래서 일단 문학용 '물의 나라'는 서랍에 넣어놓고, 소책자에 실릴 만한 입문서를 다시 완성했다. 얼마 후 〈리더스 다이제스트〉에서 상금 1,000달러를 걸고, 신인 작가 대회를 개최한다는 소식을 들었다. 즉시 레이첼은 서랍에 있는 '물의 나라'를 꺼내 글을 다듬어서 〈리더스 다이제스트〉로 보냈다. 하지만 끝내 원하는 답을 듣지 못하고 말았다. 회송되

어온 '물의 나라' 는 또 다른 기회를 기약하며 서랍으로 들어
갔다.

1930년대에서 1972년까지 미국 공무원 명부를 보면 여성
과 남성 지원자가 각각 별도로 기록되어 있다. 레이첼은 하급
수생물학자 직에 응시한 여성 지원자 중에서 1등이라고 명기
되어 있다. 어업국의 하긴스는 레이첼을 지명했고, 그해 8월
연봉 2,000달러에 어업국에 공식적으로 발령받았다. 이 급료
로 가족을 부양하기에는 충분하지 않았지만, 당시 급료치고
는 꽤 괜찮은 편이었다. 비서직이 아닌 어업국에서 일하는 여
성 공무원은 레이첼을 포함해 겨우 두 명뿐이었다.

레이첼이 맡은 업무는 체크피셔 만에 사는 해양생물 자료
를 분석하고, 과학 자료를 편집하여 출판물을 준비하는 일이
었다. 레이첼은 계속해서 〈볼티모어 선〉과 교류하면서 그해
상반기에 7편이나 되는 글을 게재했다. 레이첼은 현장탐방도
수없이 나갔고, 필요하면 민간시설도 방문했으며, 어부들과
공장 경영자들과도 대화를 나누었다. 또 과학적 능력과 문학
적 능력이 동시에 필요한 보직을 받은 레이첼은 문학적으로
접근한 과학서적도 두루 읽었고, 다른 과학자들과 토의를 통
해 해답을 찾아내기도 하고, 자료를 점검하는 일도 했다. 이
후 16년간 레이첼은 공무원으로 재직하면서 이 분야에서 많
은 인맥을 형성한다. 그리고 훗날에 전업작가가 되었을 때 이

들과 활발한 교류를 하게 된다.

레이첼은 항상 현장노트를 가지고 다녔는데, 여기에 온갖 종류의 사실, 느낌, 감각정보 등을 낱낱이 기록해 놓았다. 조수가 빠져나갈 때 은신처를 찾아 헤매는 생물들은 어떤 종류가 있는지, 새들의 노래는 시간별로 어떻게 변하는지, 꽃잎을 갉아먹는 것들은 무엇 무엇이 있는지, 해변이나 숲 속에서 나는 빗소리는 어떻게 다른지 등을 상세하게 적었다. 보고 듣고 냄새 맡고 느끼면서 레이첼은 세상의 감각을 익혀나갔다.

1937년에 레이첼의 가족에게 또 하나의 슬픈 일이 생겼다. 오랫동안 앓았던 마리안 언니가 폐렴으로 세상을 떠났다. 마리안은 레이첼과 카슨 부인에게 딸 둘을 남겨놓았는데, 각각 열한 살과 열두 살이었다. 언니를 보낸 지 얼마 지나지 않아 레이첼은 경비를 절감하고 통근시간을 줄일 요량으로 사무실 근처로 이사할 계획을 세웠다. 7월 1일, 메릴랜드 주 실버스프링에 집을 임대해서 엄마, 두 조카, 고양이들과 더불어 이사 왔다. 아직 서른이 채 안 된 레이첼은 명실상부한 가장이 되었고, 추가수입이 절실했다. 고심 끝에 1년간 서랍에 고이 모셔둔 '물의 나라'를 꺼내어 손을 본 다음, 〈애틀랜틱 먼슬리〉로 보냈다.

응답은 아주 신속하게 왔다. 에드워드 윅스 편집자는 답신을 보내왔다.

"우리는 사람을 감동시키는 힘을 지닌 당신의 에세이에 감동했습니다…… 당신이 조명한 과학의 발견은 이 분야에 전혀 문외한인 사람에게도 상상력을 불러일으킬 듯합니다."

윅스는 두 가지 제안을 해왔다. 맨 처음에 나오는 단락을 삭제하고, 제목을 「해저」로 바꾸자는 것이었다. 레이첼은 단숨에 이에 동의했다. 다른 작가들처럼 레이첼도 항상 자신의 작품을 손볼 각오를 하고 있었다. 일이 진행되면서 레이첼에게 생각보다 훨씬 더 많은 원고수정 요청이 쇄도했다. 수정작업은 마치 그 끝이 보이지 않을 것처럼 오래갔고, 힘겨운 과정이었다.

마침내 1937년 〈애틀랜틱 먼슬리〉는 9월호에 R. L. 카슨 이름으로 「해저」를 실었다. 레이첼은 윅스 편집자에게 이니셜을 사용하는 이유를 설명했다. 그렇지만 레이첼은 서명 밑에 부연설명을 해야 했다. 그리고 작가 소개하는 란에는 풀네임을 사용하자는 편집자의 말에 동의했다.

서정적이고 호소력이 짙은 레이첼의 에세이는 9월호가 발행되자마자 독자의 마음을 사로잡았다.

누가 바다를 아는가? 육지의 감각을 지닌 당신과 나는 파도의 송이송이 맺힌 물방울을 알지 못하고, 조수가 밀려들어 해초를 집으로 삼아 숨어 있는 게를 덮치는 것도 알지 못한다. 배회하는 물고기 떼가 잡아먹고 먹히는 바다 한가운데서 돌고래가 파도를 가르며 솟아나와 물 위의 공기를 들이마신다.

레이첼은 독자를 해안선에서 대륙붕 끄트머리로, 바다 밑으로 안내하고 나서 다시 해안 가장자리로 돌아온 독자는 그녀와 함께 지켜본다.

마침내 망설이는 듯한 잔물결이 밀려온다, 또 다른 것도 밀려온다. 그러다 끝내 밀물이 파도처럼 밀려온다. 웅덩이를 집으로 삼던 친구들이 깨어난다. 진흙 속의 조개들이 움직이기 시작한다. 삿갓조개는 입을 열고 율동적인 파도의 움직임에 반응한다. 서관충이 신중하게 촉수들을 펼치는 모습이 마치 다채로운 색을 띤 꽃들이 얕은 물 속에서 피어나는 듯하다.

아마 가장 인상적인 단어는 '친구들'일 것이다. 레이첼은 다른 종에 인간의 특색을 부여한 것이 아니라, 다소 해양생물을 사람처럼 먹이를 찾고 적으로부터 몸을 숨기고 집을 짓고 하는 형태로 이해했다.

복잡한 바다생물을 쉽게 설명하고자 새로운 이미지를 창출해서, 일반 독자가 쉽게 이해할 수 있도록 한 것이 이번 레이첼 글의 특징이다.

동식물과 마찬가지로 바다에 사는 생명체는 모두 수명이 끝날 즈음 이제껏 자기 몸을 구성하던 물질을 다시 물속으로 돌려보낸다. 그래서 한때 햇볕이 잘 드는 해수면에 살았던 생물체들의 분해된 입자는 비가 되어 부드럽게 심해로 흘러들어 간다.

레이첼이 스스로 인정했듯이, 〈애틀랜틱 먼슬리〉에 실린 4페이지를 시작으로 다른 모든 것이 뒤따라왔다. 〈사이먼 앤 슈스터〉 출판사의 퀸시 하우 편집장은 레이첼에게 편지로 기사를 아주 재미있게 읽었다는 내용과 더불어 같은 주제로 책을 한 번 내보자는 의견을 보내왔다. 이것은 상당히 흥미를 돋우는 제안이었다.

"책을 써보겠다는 생각은 한 번도 진지하게 해본 적은 없었어요. 그런데 이 편지를 받고 보니 나도 모르게 욕구가 생겼어요." 레이첼이 말했다.

저명한 저널리스트이자 역사가인 핸드릭 반 룬은 레이첼의 글을 읽고 상당히 기뻤다는 편지를 보내왔다.

"아마도 내가 처음으로 접한 바다 이야기는 쥘 베른의 『해저 2만 리』일 겁니다. 벌써 60년 전 일이죠. 그 후로 계속해서 그 신비한 세계를 알고 싶었죠. 그러다 아주 우연히 〈애틀랜틱 먼슬리〉에서 여성의 감성이 배어든 당신의 글을 보았어요…… 순간 당신만큼은 나를 도와줄 수 있으리라는 생각이

들었어요."

하우와 일한 경험이 있는 반 룬은 5개월 후에 레이첼을 만나 바다에 관한 책을 저술하는 얘기를 나누었다. 그렇지만 〈사이먼 앤 슈스터〉 출판사와 계약하기 전에 레이첼은 표본원고를 미리 보여주었다.

레이첼은 휴가 기간에도 연구 활동을 계속 즐겼다. 1938년에 레이첼은 어머니와 두 조카를 데리고 노스캐롤라이나 주 뷰포트 연안으로 열흘간 휴가를 떠났다. 그곳을 찾은 사람들은 대부분 부두의 전경을 즐기며, 리조트 해변을 산책하며 보냈지만, 레이첼은 휴가를 가도 늘 해변의 야생생물 구획을 찾아다녔다. 레이첼은 그곳 모래 언덕을 거닐기도 하고, 모래에 한참을 누워 있기도 하면서 몇 시간을 한가로이 보냈다. 파도 소리에 온통 마음을 빼앗기기도 하고, 강렬하게 내리쬐는 햇살을 느끼며 불어오는 모랫바람을 온몸으로 느끼기도 했다.

3년 후 레이첼은 『바닷바람 아래서Under the Sea-Wind』라는 제목의 책을 저술하는데, 이곳 노스캐롤라이나 해변에서의 경험 일부가 표현되어 있다. 한 가지 예를 들면, 가을이 되면 많은 어린 물고기가 산란하려고 서식지를 떠나 머나먼 바다로 나가는 장면을 "쌀쌀한 가을로 접어들면 바다가 율동적으로 출렁이고 이주의 본능을 일깨워 물고기들을 자극한다"고 묘사했다. 또 어린 물고기가 길고 긴 여행을 하고자 웅덩이에서 탈출하는 장면을 "거품을 일으키고 소용돌이치며 급상승하여 세차게 몰아치는 홍수는 웅덩이에 갇혀 있던 무수한 작은 어류가 바다로 나갈 수 있게 길을 터준다. 수많은 어류가 웅덩이와 늪지에서 튀어나온다. 그들은 앞다투어 맑고 시원한 물로 나가려고 야단법석이다"라고 묘사했다.

몇 년 후, 레이첼은 태고적부터 반복하는 인생 사이클의 순간을 지켜보면서 강렬한 감정이 일었다고 친구에게 말했다.

"물론…… 개인적인 경험만 가지고는 말할 수 없지만, 굽이치는 물속으로 무릎 깊이까지 들어가서 물고기들이 안간힘을 쓰면서 뛰어오르는 모습을 보니까, 갑자기 경외감마저 느껴져 눈물이 나더라고."

레이첼은 계속해서 칼럼을 썼다. 어머니와 어린 두 조카를 부양하고 있었지만, 그들은 거의 못 보고 살았다. 1년 6개월간 사실상 레이첼은 매달 1편씩 글을 썼다. 처음과 마찬가지로 레이첼은 파괴적인 산업과 오염 등의 주제를 하염없이 다루었다.

300년 동안 우리는 습지대를 고갈시키고, 목재를 베어내고, 초원을 경작하면서 자연의 균형을 망가트리느라고 분주했다. 야생생물은 점점 죽어가고 있다. 하지만 야생생물의 집 또한 우리의 집이다.

레이첼은 〈볼티모어 선〉에 또 다른 오염에 대해 다루자고 제안했다. 토양에 사용하는 셀레늄의 위험성과 불소화합물에 대해서 알아보고 싶었다.

그동안 이 물질은 이로운 것으로 알려졌다. 그런데 이 제품에 독성이 있을 거라는 의심이 간다. 만약에 식수가 오염되었다면 사람들의 건강을 보장할 수 없는 상황이라는 최근 연구가 나왔다.

동시에 레이첼은 책 저술에 열정을 쏟았다. 일생을 독립적인 사고를 해왔기 때문인지, 뿌리 깊은 개인주의 탓인지, 아니면 아직 어떠한 결과물도 손에 넣지 못했다는 느낌 때문인지 레이첼은 책 쓰는 일을 비밀에 부쳤다. 친구이자 동료인 도로시 해밀턴이 1939년 여름에 우즈홀에서 레이첼과 함께 일했다. 레이첼과 같은 방을 쓰며 함께 꽤 많은 시간을 보낸 도로시조차도 레이첼이 책과 관련된 작업을 하는 정도밖에는 알지 못했고, 그 내용을 쓴다고는 짐작도 하지 못했다.

"점점 더 호기심이 발동하는 거예요. 하지만 책이 출판될 때까지도 아무것도 몰랐다니까요. 책이 나오자 우리는 모두 혼비백산했고, 굉장히 흥분했다니까요." 도로시가 말했다.

레이첼은 우주홀로 돌아왔다. 어업국은 '어류&야생동물 보호국Fis and Wildlife Service(이하 FWS)'이라는 새 이름으로 바꾀었다. 레이첼은 퇴근하고 나면 글을 썼는데, 대체로 밤과 주말을 이용했고, 가끔은 출근하기 전인 새벽에 일어나서 작업하기도 했다. 마침내 1940년 이른 봄에 〈사이먼 앤 슈스터〉 출판사에 책 분량의 절반가량 되는 5장으로 이루어진 초고를 보냈다. 레이첼에게 이런 장편 도전은 처음이었다. 레이첼은 계약이 성사될 수 있을지 초조한 마음으로 기다렸다. 어느 정도 시간이 흐르자 답신이 왔다. 〈사이먼 앤 슈스터〉는 계약서와 적은 금액의 수표를 계약금으로 보내왔다. 드디어 레이첼은 '눈부신 미래'를 향해 달려가고 있었다.

"원고 마감일이 정해지자 오히려 글에 가속이 붙었어요. 압박을 받으며 글 쓰는 경험이 그리 나쁘지만은 않았어요." 레이첼이 말했다.

『바닷바람 아래서』의 원고, 그 위에 레이첼은 고양이 버지를 스케치 했다.

6
바닷바람
아래서

레이첼은 우선 원고를 자필로 썼다. 그러고는 쓴 글을 큰 소리를 내어 읽어보고 나서 리듬과 문장을 되풀이해서 고치고 또 고쳤다.

그녀는 큼지막한 위층 침실에서 홀로 일했다. 엄밀히 말해서 완전히 혼자는 아니었다.

"고독한 글쓰기 작업을 하는 내내 한결같은 친구인 페르시안 고양이 버지와 키토가 나와 함께했어요." 레이첼이 말했다.

버지는 자주 원고 뭉치 위에서 잠이 들곤 했다. 그 모습이 하도 귀여워, 레이첼은 하던 일을 잠시 멈추고 버지의 잠든 모습을 스케치하기도 했다. 버지는 졸음에 겨워 자그마한 머리를 툭 떨어트리더니, 완전히 편한 자세를 잡으며 잠 속으로 빠져들었다.

자연과 관련된 책은 사람의 관점으로 쓴 것들이 대부분이었다. 레이첼은 가능한 한 인간의 편견을 버리려고 애썼다.

『바닷바람 아래서』의 1부를 잠깐 엿보면, 깝짝도요새가 주인공으로 나오는데, 사람들에게는 세발가락도요새로 알려졌다. 이 새는 해변을 걸어본 사람이면 누구나 접할 수 있을 정도로 흔하다. 레이첼은 일반적으로 평범한 생물을 주인공으로 기용한다. 그것은 희귀생물의 삶은 거의 알려진 것이 없어서 독자들에게 어렵다는 인식을 줄 수 있기 때문이다. 깝짝도요새는 새 중에서도 가장 오랜 기간을 이동한다. 북극에 둥지를 틀었다가, 겨울이 되면 저 멀고도 먼 남미 맨 끄트머리에 있는 파타고니아로 날아간다.

책의 2부에서는 주인공이 고등어로, 고등어의 탄생과 삶을 그린 이야기가 펼쳐진다. 무수한 알 중에서 다 자란 고등어로 되는 숫자는 극히 일부분이다. 끊임없이 반복되는 밀물과 썰물은 바다가 보여주는 가장 장엄한 장관 중 하나이다.

책의 마지막 부분인 3부에서 레이첼은 대륙붕을 지나 내륙 하천에서부터 가장 깊은 바다의 심연 속으로 우리를 안내한다. 우리는 흔하디흔한 뱀장어인 앙귈라와 함께 깊은 바다 속으로 들어간다. 미국과 유럽에서 서식하는 애틀랜틱 뱀장어는 대서양의 한가운데인 조해藻海에서 태어난다. 이 두 종은 태어나면서 서로 뒤섞이어 서식하다가, 각각 이주팀을 꾸려 이주

하기 시작한다. 한 팀은 동쪽으로, 또 한 팀은 서쪽으로 향한
다. 과학자들은 이 둘을 등뼈에 있는 척추의 숫자로밖에 구분
할 수 없는데, 어린 뱀장어들은 그나마도 구분하기 어렵다. 그
들은 어떻게 해서든지 어미들이 태어난 내륙으로 돌아온다.

레이첼은 바다생물의 삶을 쉽게 이해하려면 인간의 방식은
슬쩍 옆으로 제쳐놓아야 한다고 설명한다.

바닷새나 물고기에게는 인간의 시계나 달력이 정해준 시간은
아무런 의미가 없다. 그 대신에 빛과 어둠, 밀물과 썰물은 먹이
를 먹을 시간인지, 빠르게 이동해야 할 시간인지를 알려주기에
그들에게는 중요하다. 이것들 때문에 적에게 쉽게 발견될 수도
있고, 상대적으로 안전할 수도 있다. 우리 인간이 해양생활의
특징을 모두 이해할 수는 없다. 우리 생각이 이런 환경에 완전
히 순응하지 않는다면 대신 그들의 입장이 되어 생각해보아도
이해할 수 없는 것이 아주 많다.

그렇다면 어떻게 우리는 또 다른 생물의 삶을 이해할 수 있
을까? 레이첼은 이렇게 묘사했다.

그렇다고 물고기와 새우, 빗해파리, 혹은 새를 객관적으로 보려
고 그들이 인간이 행동하는 것과 비슷한 점이 없다는 사실에서

너무 멀리 멀어지면 안 된다…… 이런 이유로 일부 표현을 부러 사용했다. 예를 들어, '물고기가 적들을 두려워한다'고 표현했다. 그렇다고 물고기가 우리 인간과 똑같은 방식으로 두려움을 느낀다는 건 아니다. 다만, 물고기가 '마치 두려움을 느끼는 것처럼 행동한다'는 뜻이다. 물고기에게 이런 반응은 기본적으로 육체적이다. 반면에 우리 인간에게는 주로 심리적인 반응이다. 하지만 물고기의 행동을 우리 인간이 이해할 수 있으려면 부득이하게 인간의 심리 상태와 비슷한 단어로 표현되어야 한다.

인간은 스스로를 종으로서 유일무이하고 다른 것들에 비해 우월하다고 믿는다. 레이첼은 다른 생명체가 우리와는 여러모로 다르더라도 지구를 그들과 공유해야 하며, 그들 또한 인간과 마찬가지로 근본적인 생명체임을 명심해야 한다고 강조했다.

결국 『바닷바람 아래서』의 주인공은 바다 자체이다. "바다의 가장자리에서 나는 냄새, 출렁이는 거대한 바다의 느낌, 파도 소리 등은 페이지마다 잠재적으로 스며들어 있고, 그 위에 해양생물체를 지배하는 힘으로서 바다가 존재한다." 이후에 레이첼은 책에 대해 이렇게 표현했다.

수없이 원고를 교정하고 카슨 부인이 마지막으로 타자했다. 1940년 마지막 날에 레이첼은 완성된 원고를 〈사이먼 앤 슈스터〉출판사로 보냈다. 원고가 마음에 들 지 걱정한 레이첼은 핸드릭 반 룬에게 편지를 썼다. 해박한 지식을 지닌 반 룬은 답장을 썼다.

"나이를 먹을수록 세상사가 도박과도 같네요…… 대중이 삼킬지 뱉을지는…… 그 누구도 말할 수 없지요…… 그저 독자가 물고기를 좋아해 주기를 기다리는 것 밖에요."

레이첼은 『바닷바람 아래서』를 쓰면서 주인공인 바닷새와 고등어, 뱀장어 속에 파묻혀 살았다. 그녀는 그들과 더불어 음식을 찾아 나섰고, 거센 날씨와 맞서 싸웠고, 목숨을 걸고 적들의 위험에서 벗어났다. 글을 완벽하게 하려면 그녀의 과학적 지식은 한 치의 오차도 허용할 수 없을뿐더러, 화려한 문학적 재능도 필요했다. 이제 모든 것이 끝났고, 평가를 기다리는 일만 남았다.

레이첼은 실망하지 않았다. 다른 매체에 비해서 〈뉴요커〉〈뉴욕 헤럴드 트리뷴〉〈뉴욕타임스〉는 새로 등단한 작가를 추어올렸다. 과학서적클럽은 "시적이다. 그렇다고 거짓된 감상은 없다. 이 책에서는 자연이 아름답기도 하지만, 경우에 따라서는 냉혹하다는 사실도 잘 전달해준다"고 평했다. 레이첼에게는 무엇보다도 과학자들의 의견이 가장 중요했다. 뉴욕 동물학회에서 해양학자로 명성을 떨친 윌리엄 비비는 〈새터데이 리뷰〉에서 이 책을 호의적으로 평했고, 두 장을 뽑아 몇 년 뒤 출판할 자연사 선집에 게재했다.

하지만 여흥은 얼마 가지 않았다. 책을 출판한 지 한 달 후, 일본은 진주만을 공격했고, 1941년 12월 8일, 미국은 세계 제2차대전 속으로 뛰어들어갔다. 비평가들은 '물고기를 좋아' 했는데, 세상은 이것에 완전히 무관심했다. 아직은 책을 팔아서 금전을 마련할 수 있다는 미련을 버리지 못한 레이첼은 마케팅과 홍보 전략을 출판사에 내놓았다. 그렇지만 독서계는 전쟁의 여파가 너무도 거세어 새와 어류의 이동에 관한 책이 아무리 아름답게 묘사되었다 하더라도 관심을 둘만한 여유가 없었다.

미국이 전시체제로 돌입하자 새로운 정부기관이 생겨났다. 직접적으로 전쟁과 관련 없는 기관들은 워싱턴 밖으로 쫓겨나다시피 했다. 1942년 3월, 레이첼의 직장 FWS도 시카고로 옮기라는 지시를 받았다. 무기력해진 레이첼은 친구에게 "전쟁과 관련해 지금 당장 가치를 발휘할 수 있는 그런 일을 좀 해보고 싶어"라고 편지를 썼다. 자신이 쓸모가 있다고 느끼고 싶은 마음에 레이첼은 방공감시원 자격으로 응급처치 훈련을 받기도 했다.

카슨 부인은 레이첼을 따라 시카고로 옮겼다. 레이첼은 '바다에서 얻을 수 있는 음식' 시리즈 팸플릿을 엮는 작업을 맡았다. 전시에는 육류의 공급이 원활치 못했기에, 대중은 생선에서 단백질을 보충할 필요가 있었다. 이 팸플릿은 잘 알려지

지 않은 해산물을 사람들에게 소개하는 역할이다. 그렇지만
레이첼은 이 책자를 호기심을 불러일으키는 것 없이 다만 사
실만을 기술하는 핸드북으로는 만들고 싶지 않았다. 서문은
이렇게 시작되었다.

우리가 해산물을 즐기려면 우선, 그들이 어디에서 시작했는지,
그들이 사는 곳은 어디인지, 그들은 어떤 방식으로 잡히는지,
서식지나 이주는 어떤 방식으로 하는지를 알게 된다면 훨씬 더
수준 높은 맛을 누릴 수 있다.

간략하게 조개류의 역사를 소개한 글은 매력을 끌었고, 예
상치도 못한 효과를 얻었다. 사람들이 조개를 먹기 시작한 것
이다. 레이첼은 독자들에게 배아조개의 탄생을 보여주었다.
처음에 배아조개는 물 표면에서 수영하다가, 3일에서 6일 정
도 지나면 바닥으로 가라앉는다. 그러더니 해초나 돌이나, 조
개껍데기 같은 것에 실을 자아내어 고정한다. 그러고서 끝내
는 바다 밑바닥에 은신처를 마련한다. 배아조개는 멋대로 그
은신처를 떠나지 않는다.

시카고 생활은 매우 짧았고, 레이첼의 회사는 1943년 봄에
다시 메릴랜드로 돌아왔다. 그러는 사이에 레이첼은 두 번이
나 승진했고, 급료도 조금씩 올라갔다. 하지만 그 정도로는

충분치 않았다. 『바닷바람 아래서』에서 어느 정도 수입을 기대했으나, 판매가 보잘것없어 인세로 받은 금액은 형편없었다. 레이첼은 책을 써서 돈을 벌기는 어렵다는 결론을 내리고, 다시 잡지에 글을 기고하기로 했다. 〈리더스 다이제스트〉에 '굴'을 주제로 한 글을 거절당하자, 실망한 레이첼은 친구에게 편지를 썼다.

"'자연의 기이함'과 같은 글을 쓰는 일은 비교적 쉬워⋯⋯ 그래도 내 진짜 관심사는 믿거나 말거나 하는 식의 글을 쓰는 것이 아니라, 자연을 더 깊이, 제대로 이해할 수 있도록 글을 전개해 나가는 거야."

그런데도 현실과 타협한 레이첼은 〈리더스 다이제스트〉의 요구대로 '흥미진진한 읽을거리'를 제공해주었다.

레이첼의 칼럼 주제는 종종 FWS에서 연구한 자료에 근간을 두었다. 예를 들면, 전시에 일본군이 세이바나무가 무성한 태평양 연안의 섬들을 점령하는 사건이 발생했다. 이것은 슬리핑백과 구명조끼 속을 채우는 케이폭의 원료인 세이바나무에 접근할 수 없다는 걸 의미했다. 그렇게 되면 전시 필수품인 구명조끼와 슬리핑백 제작에 차질이 빚어진다. 이를 해결하고자 식물학자들은 케이폭 대신에 밀크위드 잎사귀에서 나는 부드러운 솜털을 사용할 것을 제안했다. 1944년에 레이첼은 길가를 따라 쭉 피어난 넘쳐나는 밀크위드에서 하얗고 뽀

송뽀송한 솜털을 채취하는 '밀크위드 꼬투리 수집' 계획을
주제로 〈디스 위크〉 잡지에 글을 실었다.

전시용 연구를 하다 보니, 레이더에 대한 지식 또한 넓어졌
다. 레이첼은 박쥐의 소리감지 기관과 최신 레이더 사이의 유
사성을 밝히는 글을 썼다. 박쥐가 어떻게 어둠 속에서 레이더
와 비슷한 소리탐지 기관을 이용해 나무나 벼랑, 건물에 부딪
히지 않고 날 수 있는지, 날면서도 먹잇감을 찾아낼 수 있는
지를 설명했다. '박쥐가 가장 먼저 안다'는 레이첼의 글은
〈콜리어스〉에 실렸고, 후에 〈리더스 다이제스트〉에도 실렸다.
미 해군 신병사무국은 이 글을 "레이더를 가장 명확하게 설명
한 글이며, 일반 대중이 쉽게 알아볼 수 있는 글"이라 칭하며,
이 작품을 여러 신병사무국으로 보내 읽혔다.

또 레이첼은 북미에서 작지만 가장 빠른 굴뚝에 집을 짓는
'칼새'를 주인공으로 삼아 글을 썼다.

칼새는 허공에서 먹이를 먹을 수 있을 뿐만 아니라, 비행 중에
목욕도 한다. 칼새는 연못에 몸을 순식간에 담갔다가 날아오른
다. 구애도 공중에서 한다. 더러는 하늘에서 죽음을 맞이하는
때도 있다…… 칼새는 횃대 같은 곳엔 절대 앉지 않고, 땅에도
내려오지 않는다. 칼새의 삶은 하늘, 그리고 야간에 쉴 수 있는
굴뚝 안이나 텅 빈 나무 안이 전부다.

'진실'을 알 수 없는 애매모호한 사실에 대해서는 이렇게 기술했다.

둥지를 돌보는 어미 새가 세 마리인 경우가 가끔 있다. 이런 현상에 대해 가장 강력하게 떠오르는 가설은 새의 어미들이 '보모'를 고용한다는 것이다. 좀더 현실적인 사람들은 이 가설을 비웃으며 칼새는 일부다처제라고 주장한다. 무엇이 진실일까? 아무도 진실은 모른다.

레이첼은 책이 베스트셀러가 되지 않는다면 잡지사에 글을 기고하는 편이 훨씬 더 경제적이라고 생각했다. 잡지사에 실리는 칼럼은 책보다 훨씬 짧고, 원고료로 즉각 나왔다. 레이첼은 또한 지금 하는 공무원 생활을 접고, 돈을 더 많이 벌 수 있도록 글쓰기에 시간을 더 할애할 수 있는 일자리를 찾는 것이 어떨지를 심각하게 고민하기 시작했다.

"정말로 분위기를 바꾸고 싶어요. 글 쓰는 데 시간을 더 많이 할애할 수 있는 그런 곳으로요."

레이첼은 처음에 〈리더스 다이제스트〉를 필두로, 뉴욕동물협회, 전국오드본협회 등에 차례로 문을 두드렸다. 하지만 레이첼에게 일자리 문은 열리지 않았다.

7
사라지는
야생동물 서식지

전쟁을 치르는 동안과 그 이후 얼마간이 레이첼의 삶에서 사교 활동이 가장 활발한 시기라 할 수 있다. 레이첼과 셜리 브리그스는 직장 내의 '비타협적인 관료방식과 부당한 판결' 등을 한껏 조롱하며 수다를 떨었다.

셜리 브리그스는 1945년에 삽화가로 FWS에 들어왔다. 다른 많은 동료처럼 그녀도 레이첼과 친밀한 관계를 유지했다.

어느 날 레이첼의 사무실 동료는 시카고 사무실에서 야생동물 요리법 소책자를 만들었다는 정보를 들었다. 그 책자는 대부분 표절이었는데, 그중 일부는 엉터리라 조악하기 그지없었다. 화가 난 레이첼과 동료는 그들을 혼내주려고 했다. 둘은 시카고의 담당자에게 전보칠 계획을 세웠다. 뉴욕 잡지사의 유명한 작가 겸 사진기자가 야생동물 요리법 중에서 '12

명을 위한 들쥐 조리법'을 취재한다는 내용이 담길 예정이었다. 그들이 소개한 이 요리는 버섯과 화이트와인도 함께 곁들인 최고의 요리라고 했다.

전보를 보내지는 못했다. 실명으로 전보를 치지 않으면 감옥에 가야 하는 당시 법규 때문이었다.

"하지만 우리는 그 장면을 상상하면서 아주 재미있게 놀았어요." 레이첼이 말했다.

레이첼은 직장 동료와 퇴근 후에도 친하게 지냈다. 레이첼과 셜리 브리그스, 앨리스 물렌은 하이킹도 가고, 자주 새를 관찰하러 나가기도 했다. 어느 주말 저녁에 브리그스와 물렌이 갑자기 찾아와서 재미난 이야기도 하고, 음악도 듣고 하며 아주 즐겁게 지냈다.

박쥐와 밀크위드, 칼새 등의 성취물과 더불어 조금은 복잡한 문제가 레이첼의 책상에 놓였다. 그것은 신제품 살충제 DDT로, 전쟁 중에 많아진 이와 다른 질병을 옮기는 곤충을 죽이려고 만든 것이다. 전쟁이 끝나고서 미 농무부는 뒤퐁사에 이 살충제의 상업적인 판매를 허가했다. 하지만 그 독성이 어느 정도인지 장기간의 테스트도 하지 않은 상태였다.

레이첼은 메릴랜드 주 패턱선트 연구소에서 연구한 DDT에 관한 글을 〈리더스 다이제스트〉에 발표했다. "DDT 살충제를 무분별하게 사용한다면 자연의 섬세한 균형이 전반적으로 깨어질 것이다"라고 경고했다. 하지만 〈리더스 다이제스트〉는 별반 흥미를 보이지 않았다. 인기가 높은 이 잡지사는 해충을 물리친 이 새로운 '성공'의 보도에만 열을 올렸다. 레이첼은 계속해서 DDT에 대한 정보를 수집했지만, 이 살충제의 끔찍한 효력을 입증하는 데에 10년이란 기나긴 세월이 걸렸다.

1946년경 레이첼은 FWS에서 어류&야생생물에 관한 출판물 프로그램을 담당했다. 부하직원은 6명이었으며, 그때의 상황을 "마치 아주 작은 출판사를 운영하는 느낌"이었다고 묘사했다. 그해 레이첼은 전국적인 야생동물 보호체계를 위한 12권짜리 시리즈 소책자를 진행 중이었다. 이 중에서 레이첼이 직접 4권을 썼고, 1권은 공동으로 저술했다. 이 시리즈물을 제작하기 위한 연구 활동을 하면서 레이첼은 여러모로 재능을 발휘했다. 레이첼은 외부용 장비를 챙겨서 동료이자 친구인 삽화가 셜리 브리그스와 길을 나섰다. 그녀는 자연 서식지에서 야생생물들을 관찰하고, 그 느낌을 기록하고, 이런저런 사실을 기록하며 시간을 보냈다.

'야생보호활동'으로 제목을 정한 이 시리즈는 미국 야생동물을 조사하고…… 그들을 파괴하려는 위협적인 힘이 무엇인지, 그들을 보호하려면 우리가 어떤 노력을 기울여야 하는지를 알려주는 것이 목적이다. 레이첼은 대중에게 이제껏 인간이 얼마나 '무모한 낭비와 무시무시한 파괴'를 해왔는지, 그

로 말미암아 '전체 동물 종이 점점 몰살되어가고 있다'는 사
실을 일깨워주고 싶었다. 또한 레이첼은 숲과 초원, 해안선이
자꾸 줄어들게 되면 결국 토양이 침식하고, 홍수가 나며, 농
경지가 파괴되고, 야생동물 서식지가 사라진다는 것을 알리
고 싶었다. 무엇보다도 야생동물 서식지의 보호는 꼭 '동물'
들을 위한다기보다는 '인간'의 필수불가결한 환경을 보전하
는 일이었다.

시리즈물 중에서 절반가량은 매사추세츠에서 노스캐롤라
이나에 걸쳐 사는 물새의 보호구역을 탐험했다. 레이첼은
1946년 봄부터 이듬해 가을까지 현장탐방을 계획했다. 4월에
레이첼은 셜리 브리그스와 버지니아 주 친코티그로 가서 어
세티그 섬의 물새 보호구역을 탐방했다. 두 사람은 개울을 여
러 개 넘으며, 해변을 따라 표본을 채취하고 사진을 찍었다.
이런 모습에 그들과 같은 호텔에 묵은 손님들은 매우 당황해
했다.

"이곳저곳을 돌아다니다 저녁에 호텔로 돌아오는 모습이
꽤 인상적이었죠…… 운동화는 젖어서 질척했고, 바지는 온
통 흙투성이에다가, 윗도리는 여러 개 겹쳐 입은 데다, 뒤 챙
이 넓은 방수 모자를 쓰고 있었어요. 거기다 온갖 종류의 카
메라에, 내 멋진 삼발이도요. 레이는 쌍안경도 들고 있었죠."
셜리가 회상했다.

버지니아 주 친코티그에서 탐험으로 흠뻑 젖은 채 호텔 로비로 들어가는
레이첼과 셜리 브리그스(1946년, 셜리 브리그스의 스케치)

햇빛을 가린 레이첼

97

FWS 친구들은 레이첼을 '레이'라고 불렀다. 탐방을 마친 셜리는 파티에 쓸 굴과 조개를 넉넉히 챙겨 집으로 돌아왔다.

9월에 레이첼은 이번에는 FWS 삽화가 케이 하우와 함께 보스턴 북쪽으로 50킬로미터쯤 떨어진 파커 리버 보호구역으로 향했다. 둘은 햇볕에 새까맣게 그을렸고, 모기떼에게 뜯기기도 하며, 모래 언덕을 수없이 넘나들었다. 쉽게 햇볕에 타는 레이첼은 테두리가 있는 모자를 썼고, 스카프로 눈 밑에서 목까지 덮어주었다. 레이첼은 친구에게 편지를 썼다.

"물론 나는 이런 일을 하면서 시간을 보내는 걸 좋아해. 하지만 경비 때문에 마음대로 즐기지는 못해."

레이첼과 케이는 탐방 계획을 세울 때 이제는 손발이 척척 맞았다. 탐방 길에 무엇이 필요한지도 잘 알았다. 그래서 두 사람은 탐방을 나설 때 콘센트가 하나밖에 없는 숙소를 고려하여 아주 긴 전기 연결코드를 준비했고, 밝은 전등을 준비해 밤에 글을 읽거나 삽화를 그렸다. 그리고 꼭 필요한 위스키를 담아갈 플라스크(휴대용 납작한 통-옮긴이)도 잊지 않았다.

1947년 2월에 레이첼과 케이는 노스캐롤라이나 해안의 마타머스킷으로 향했다. 이곳은 멸종위기에 처한 고니를 비롯한 물새들의 보호구역이다. 고니 편에서 레이첼은 그 울음소리에 대해 이렇게 기록했다.

고니whisting swan(휘파람을 부는 백조)'는 단조로우나 고운 음으로 재잘대기 때문에, 이런 이름을 얻은 듯하다. 고니가 우는소리는 마치 목관 악기에서 흘러나오는 음과 같다고나 할까.

서부의 울음고니Trumpeter swan(울음소리가 트럼펫 소리 같다고 붙여진 이름으로, 전신이 백색으로 부리와 다리는 검다-옮긴이)와 비교해서는 이렇게 적었다.

울음고니의 지저귀는 소리는 기관에 여분의 루프가 있는 신체적인 특징이 있기 때문에 더 깊고 더 멀리 울려 퍼진다.

마타머스킷은 이런 새들의 노래로 가득 차 있다. 거위떼가 머리 위로 날아오면 너무 낮게 나는 바람에 날갯짓 소리까지 들릴 정도였다. 1947년 말에 레이첼은 유타나와 몬태나 보호구역을 탐험했고, 컬럼비아 강을 따라 내려가기도 했다. 이번 탐방에서 레이첼과 케이는 아이다호 경계인 몬태나 레드-락 호수 보호구역에서 울음고니들의 울음소리를 들었다.

지난여름에 메인 주로 가는 탐방 길에는 어머니와 고양이 키토와 티피가 함께했다. 부스베이 하버 근처에서 통나무집을 빌려서 한 달간 머물렀다. 레이첼은 부표에 매달린 종소리, 철썩이는 바닷소리, 숲 속의 새소리, 찰랑거리는 파도소리, 바다와 육지를 가로지르는 바람 소리 등에 넋을 잃었다. 레이첼은 이런 마음을 셜리에게 편지를 써 보냈다.

"여기에 더 머물 만한 묘안이 없으니 워싱턴으로 돌아갈 수밖에 없겠지."

메인이 그녀를 유혹하며 손짓했지만 FWS로 돌아가야 할 시간이었다. 여전히 레이첼은 경제적인 부담을 안고 있었다. 1940년대 중엽부터 레이첼의 업무량은 점점 늘어났다. 식구들이 연속적으로 병마에 시달리자 스트레스가 심해졌다. 2년 6개월 동안 레이첼은 세 번이나 입원했다. 어머니는 장에 심각한 문제가 발생하여 수술을 받았다. 레이첼의 입원은 고양이 키토가 죽은 일에 비하면 비교적 가벼운 이유였다.

레이첼은 직장에서 미술가 밥 하인즈를 고용했다. 미래에 레이첼의 절친한 친구 겸 동료가 되어준 하인즈는 처음에는 여성 상관을 모시는 일이 별로 달갑지 않았다. 하지만 곧 그는 레이첼을 좋아하게 되었고, 점점 존경하게 되었다.

하인즈는 레이첼이 남자에 버금가는 행정 능력을 갖추고 있다고 여겼다.

"그분은 우리에게 'No' 라고 말할 때도 아주 상냥하고 조용하게 말했어요. 하지만 그 'No' 라는 말은 마치 견고한 요새처럼 들렸어요. 감히 거역할 수 없었죠. 그분은 정직하지 못하거나 어떤 상황에서든 꾀를 부리는 것을 참지 못했고, 아무도 바보 취급하지 않았어요. 총명하지 않아도, 아둔하지만 정직한 사람에게는 늘 많은 인내심을 보여주었지요. 그분은 조악한 일이나 어설픈 행동은 좋아하지 않았어요." 하인즈가 말했다.

레이첼은 부하직원들에게 늘 이해심이 많았고, 즐겁게 대해주었으며, 통찰력이 있었고, 엄격했으며, 조용했고, 언제나 프로 근성을 잃지 않았다. 레이첼은 옆 사무실에 있는 셜리 브리그스에게는 농담도 하고 장난도 치며, 모험심도 발휘했고, 공무원 생활의 한계와 따분함에 대해서도 투덜거렸다. 한 번은 하인즈가 레이첼에게 숭어 스케치를 보여주었더니, 퇴짜를 놓으며 말했다.

"수정을 좀 해야겠네요. 등지느러미에 척추가 하나 더 많은데요."

레이첼은 숭어의 모습을 정확히 알고 있었던 것이다.

승진 문제에서 레이첼은 20년 전부터 발목을 잡은 성차별을 계속해서 극복하지 못한 상태였다. 바로 윗 상관이 FWS의 국장으로 승진한 1949년에 레이첼은 그의 편집 책임을 인계받았으나, 그녀에게는 어떠한 승진도, 급료의 인상도 없었다.

"글쓰기로 생계를 유지하는 게 가장 이상적인 것 같아." 레이첼이 친구에게 말했다.

하지만 가족에게 절대적으로 필요한 급료를 포기할 엄두가

나지 않았다.

"지금 당장은 이곳 급료가 필요한 게 문제야. 어찌해야 할지 모르니까, 그저 손 놓고 있어."

이 말은 전적으로 사실이 아니었다. 이 시기 동안에 레이첼은 바다를 주제로 방대한 작업을 할 자료를 차곡차곡 모으는 중이었다. 그녀는 바다의 역사와 지리, 불가사의, 그리고 생명체 등에 대해 전반적인 윤곽도 정했다. 다시 한번 레이첼은 극비리에 일을 진행했다. 셜리 브리그스는 레이첼이 베스트셀러 로맨스 소설을 써서 일확천금을 노리는 중인데, 그 주제가 자연이라고 놀리기도 했다. 그 시절 레이첼은 저작권중개업을 하는 마리 로델을 만났다.

외향적인 성격인 로델은 편집 분야에서도 명성이 있었고, 출판업에 대해서도 폭넓은 지식을 갖고 있었다. 자신의 클라이언트에게 강한 애착을 지닌 로델은 레이첼에게는 완벽한 출판 파트너였다.

두 사람이 만나고 얼마 지나지 않아 레이첼에게 슬픈 소식이 전해졌다. 스킨커 교수가 암 선고를 받고 57세의 나이로 세상을 떠났다는 것이다. 병원 직원이 연락할 사람을 묻자 스킨커 교수는 레이첼 카슨을 불러달라고 했다. 레이첼은 황급히 시카고로 날아가 병상을 지켰다. 1948년 12월 19일, 레이첼의 영원한 스승이자 레이첼의 선택과 도전을 전적으로 이해해준 단 한 사람 메리 스콧 스킨커는 눈을 감았다. 레이첼에게 이토록 비슷한 인생 여정을 함께한 사람은 스킨커 외에는 아무도 없었다.

그리고 레이첼은 위안을 받으러 다시 바다로 돌아갔다.

R/V
RACHEL CARSON
BUREAU OF SPORT FISHERIES & WILDLIFE

8
우리를
둘러싼 바다

뻔한 이야기지만, 레이첼에게는 돈이 필요했기에 궁리 끝에 새로운 책을 써볼까 하는 생각에 빠져들었다. 마리 로델은 출판사에 보여줄 표본원고와 기획서를 달라고 압력을 가했다. 마리는 또한 장章별로 판로를 확보할 참이었다. 거기다 둘은 과학계에서 상과 상금을 타는 방법도 모색했다. 상을 하나 탈 때마다 레이첼은 FWS에서 휴가를 낼 수 있기에, 책을 쓸 시간을 벌 수 있었다.

레이첼은 첫 장을 섬에 대한 주제로 정하고 작업을 시작했다. "자꾸 굉장히 흥미로운 것들이 나타나니까 탐방을 멈출 수가 없다는 게 가장 큰 문제라고요." 레이첼이 마리에게 말했다.

섬은 덧없는 존재이기도 하고, 오늘 생성되었다가 내일 파괴되기도 한다. 몇몇 예외가 있긴 하지만, 섬은 수만 년간 지속한 바다 밑의 화산 폭발이나 지진으로 생겨난 결과물이다. 좀 역설적이겠지만, 겉으로 보기에는 몹시 파괴적이고 무시무시한 자연의 재앙이 오히려 창조활동의 결과물일 수 있다.

레이첼은 초고를 고치고 또 고치고 해서 맨 처음 쓴 글이 하나도 남지 않은 적도 있었다.

한 장이 완성되어 잡지사에 보내면 무조건 수정 지시가 내려졌다. 그러자 이에 실망한 레이첼은 잡지사에 특집기사 싣는 걸 포기하고 책을 완성하는 데 전력을 기울이기로 했다. 그래서 레이첼은 마리에게 편지를 썼다.

"내가 또 잡지사를 기웃거리면, 혼쭐을 내 주세요."

책의 3장 정도가 완성되자 마리와 레이첼은 출판사에 원고를 보낼 준비를 했다. 〈옥스퍼드대학출판사〉의 필립 보드린 편집자가 레이첼이 책을 쓰고 있다는 소문을 듣고 마리에게 연락을 취해, 원고를 보고 싶다는 의견을 전했다. 레이첼이 보드린을 만났을 때 그는 마리를 닦달해서 원고를 〈옥스퍼드〉로 보내게 했다고 떠벌렸다. 레이첼이 이런 생각을 마리에게 전하자 마리가 만족해하며 답장을 보내왔다.

"정말 놀라운데, 보드린이 원고에 대한 단순한 전략도 간파하지 못했다니. 분명히 출판에서도 남자들은 여자들이 늘 자신에게 마지못해서 주는 것처럼 보이는 걸 더 열망한단 말이야."

마리는 〈옥스퍼드대학출판사〉와 계약을 체결했고, 레이첼은 1950년 3월까지 원고를 마감하기로 했다.

바다 이야기를 쓰고 있는 레이첼을 괴롭히는 문제가 한 가지 있었다. 그것은 잠수 경험이 전혀 없다는 것이다. 레이첼은 해양학자 윌리엄 비비와 이 문제를 상의했고, 비비는 레이첼에게 상어나 문어 등과 같은 바다생물을 만날 수 있도록 주선해 주겠다고 약속했다. 비비는 또한 색스턴 펠로십 위원회에 편지를 써서 레이첼을 위해 촉망받는 작가들에게 지급하는 지원금을 신청하기도 했다

레이첼은 마침내 마이애미 해양연구소 생물학자들 속에 끼어 '바다 밑'으로 들어가게 되었다. 레이첼은 40킬로그램이나 나가는 잠수용 헬멧을 쓰고, 발에 무거운 납덩이를 달고는 사다리를 한 칸 한 칸 내려가 바다로 들어갔다. 이런 경험에 레이첼은 황홀감을 맛보았다.

"암초에 사는 생물들이 뿜어내는 색채가 어찌나 섬세하고 다양하던지요…… 마치 야릇한 무릉도원의 몽롱한 푸른 빛 전경을 보는 듯했어요." 레이첼이 말했다.

날씨가 흐리고 비바람이 몰아치는 바람에 레이첼은 사다리를 타고 아주 잠시만 내려갈 수 있었다. 그렇다 하더라도 잠

수를 해본 것과 그렇지 않은 것과는 하늘과 땅의 차이였기에, 이 경험은 레이첼에게는 획기적인 사건이었다. 바다 밑을 체험한 이후로 모든 것이 다르게 보이기 시작했다.

레이첼은 낮에는 직장에서, 밤과 주말에는 글을 쓰면서 보냈다. 피로로 점점 지쳐갔고, 가끔 파김치가 되어 집으로 돌아온 레이첼은 아무것도 하지 못했다. 그러다가 플로리다 탐방 도중에 색스턴 펠로십에서 지급하는 보조금을 타게 되었다는 소식을 들었다. 기운이 난 레이첼은 성금 2,250달러로 책을 완성하는 데 박차를 가했다.

다음으로 레이첼은 FWS의 탐험선 알바토로스 3호를 타고 바다를 탐험하는 일을 계획했다. 7월 말 알바토로스는 대서양에서 300킬로미터도 더 떨어진 죠지스-뱅크 어장으로 항해할 계획이었다. 이제껏 알바토로스 호에 여성이 탑승한 적은 한 번도 없었고, 이런 오랜 전통은 쉽게 깨어지지 않는 법이었다. FWS는 전원 남성으로만 구성된 50명 안에 여성을 한 명 합류시킨다는 게 꺼림칙해 하는 바람에 레이첼은 보기 좋게 퇴짜를 맞았다. 하지만 레이첼이 이에 굴하지 않자, 할 수 없이 FWS는 한 가지 조건을 내걸면서 마지못해 승낙했다. 여성 한 명을 '보호자'로 더 데려오라는 것이었다. 이렇게 해서 마리 로델이 레이첼과 합류하게 되었다. 마리는 '고기잡이배에 탄 여성보호자'라는 제목으로 글을 써야겠다며 농담을 해댔다.

여성이 배에 타는 것이 마뜩잖은 일부 남자 직원들은 레이첼과 마리에게 배에 타는 일은 위험하고 재앙적인 일이라고 경고했다. 갑판은 성난 파도가 휩쓸고 지나간다는 둥, 매번

바다 밑으로 내려갈 준비를 하는 레이첼(1949년)

뼈가 부러지는 사람이 나온다는 둥, 음식 또한 끔찍할 뿐만 아니라 격렬한 뱃멀미로 음식은커녕 물 한 모금 마실 수 없을 거라는 둥의 이야기를 하며 잔뜩 겁을 주었다.

이런 저런 난관을 극복하고 끝내 배에 탄 첫날밤, 이리저리 부딪치는 소리에 두 여성은 한숨도 못 잤다. 레이첼은 분명히 우리 배가 다른 배와 충돌했다고 여겼다. 간담이 서늘할 정도의 쿵쾅거리는 소리와 덜커덩거리는 소리가 연달아 머리 위에서 들려왔기 때문이다. 나중에 알고 보니 그건 보일러실 기계들이 주기적으로 내는 소리였다. 곧 두 사람은 이것이 어선의 평범한 소리라는 것을 알게 되었다. 다음날 아침 남자들이 두 여성을 보고 싱긋 웃으며 잘 잤는지를 물었다.

"어, 잠깐 쥐 소리를 들었는데, 너무 졸려서 성가신지도 몰랐어요." 마리가 말했다.

알바토로스 호가 친 그물에는 거대한 양의 해양생물이 잡혀 올라왔다. 밤이면 가끔 레이첼과 마리는 남자들이 일하는 모습을 지켜보았다.

"처음으로 그물에 딸려온 기괴한 해양생물들을 보고는 이제껏 전혀 짐작도 못한 바다의 깊이가 가슴으로 전해졌어요." 레이첼이 말했다.

10월에 레이첼은 직장에서 한 달간 휴가를 내어, 책을 쓰는 데 필요한 조사활동을 하러 떠났다. 그녀는 노고를 아끼지 않는 작가였기에, 장이 완성될 때마다 그 분야의 전문가에게 보내 평가를 받았다. 밀물과 썰물, 파도, 조류, 해양지질학, 섬 등으로 이루어진 각 장을 되풀이해서 수정하고 또 수정했다. 독자가 이해하기 쉽게 적절한 단어를 사용함은 물론 시적인 이미지를 불러일으키게 하려고 애썼다. 하지만 지나치게 간소화하는 건 삼갔다.

1950년 2월 중순쯤 되자, 원고마감 날짜를 지키는 데 절망감을 느꼈다. 그러자 마리에게 "이런 상태로 계속 가다간 곧 죽을 것만 같아!"라고 편지를 썼다. 3월 1일까지 원고를 마감하기란 거의 불가능한 상태였다. 그래서 마리는 〈옥스퍼드〉측과 협상하여 마감날짜를 여름까지 연장하기로 했다. 5월이 되자 레이첼은 봄이 벌써 다 지나가고 있다는 것이 안타까웠다. 그녀는 단 하루도 아침에 새와 더불어 자연을 즐기지를 못했다. 이것에 대한 스트레스가 컸지만 그런 것을 누릴만한 여유가 없었다.

어찌 보면 책의 내용을 쓰는 것이 책의 제목을 정하기보다 오히려 쉬운 일이라는 생각이 들었다. 마리와 레이첼은 '바다로의 회귀' '바다 이야기' '바다 제국' 과 등과 같은 후보를 과감하게 버렸다. 그러고 나서 주위 사람들과 FWS 동료에게 도움을 청했다. 그들이 낸 안 중에서 '내 깊이를 벗어나서' 와 '바다의 카슨' 이 호소력이 있었다. 4월에 레이첼은 〈옥스퍼드〉 편집자에게 편지를 썼다.

"우리가 제목을 정하는 과정에서, 이랬다저랬다 갈팡질팡해서 죄송합니다. '우리를 둘러싼 바다'로 정하면 어떨까요?"

이렇게 해서 『우리를 둘러싼 바다』라는 제목이 탄생되었다. 〈뉴요커〉 잡지의 윌리엄 숀 편집장이 이 원고에 흥미를 보였다. 옥신각신 끝에 결국 숀은 전체 14장 중에서 9장을 사들여, 이를 축약해서 싣기로 했다. 〈옥스퍼드〉에서 책을 출간하기에 앞서 최고의 문학잡지로 정평이 난 〈뉴요커〉에 먼저 칼럼으로 내보내는 것은 신인 작가나 다름없는 레이첼에게는 돈으로도 살 수 없는 엄청난 광고 효과가 있었다. 이것은 책이 서점에 진열되기도 전부터 베스트셀러가 되는 데 도움을 주었다.

〈예일 리뷰〉는 「섬의 탄생」 장을 사들여서 9월호에 실었다. 레이첼은 마리에게 이런 소식을 듣고 편지를 썼다.

"모든 것이 여전히 꿈만 같아. 당신을 만난 건 내겐 정말 행운이야."

레이첼의 어머니 카슨 부인은 이제 81세가 되었고, 아직도 딸의 최종원고를 타자했다. 레이첼은 이 최종원고를 1950년 7월 초에 〈옥스퍼드〉로 보냈다. 다른 작가들과는 다르게 레이첼은 원고를 보내고도 마음이 홀가분하지 못했다. 그녀는 편집자에게 요구 사항이 많았다. 이 책은 평범한 책처럼 만들어서는 안 된다는 생각 때문이었다. 〈옥스퍼드〉는 약표제 활자로 '굵은 돋움체'를 사용할 계획이었다. 이 활자는 FWS에서 출판할 때 주로 쓰는 활자였다. 이에 대해 레이첼은 이렇게 대꾸했다.

"이 책은 내가 FWS에서 만드는 책과는 종류가 다릅니다!"

레이첼에게는 건강상의 문제가 있어, 9월에 병원에 입원하여 가슴에 난 종양제거 수술을 받았다. 몇 년 전에도 같은 부위에서 종양을 제거한 적이 있었다. 레이첼은 수술이 끝나고 나서 종양이 악성인지를 상세하게 물었다. 그렇지 않다고 했다. 종양을 제거한 의사는 치료를 더는 권하지 않았다.

1950년 말, 책을 출간하기도 전에 칭찬의 글이 쇄도하기 시작했다. 레이첼의 작품은 과학 저작물에서 우수하다고 판단되어 웨스팅하우스 상과 더불어 상금 1,000달러도 탔다. 2월에 레이첼은 「바다」장이 이달의 책에 선정될 가능성이 있다고 했다. 그렇게만 된다면 직장을 그만두어도 될 만큼 돈을 충분히 벌 수 있게 될 터였다. 레이첼은 사무실 복도로 나와 전화 부스로 들어가 밥 하인즈와 연락을 취했다. 그에게 비밀을 꼭 지키라고 하면서 이달의 책 소식을 속삭였다.

연이어 3월에 저명한 구겐하임 펠로십에서 지원금을 받았다. FWS의 6개월치 월급과 맞먹는 액수였다. 며칠이 지나 마리가 전화를 걸어 '바다'가 여름에 이달의 책으로 정해졌다는 소식을 전했다. 심지어 〈보그〉 잡지도 '해류와 기후' 장을 게재하겠다고 발벗고 나섰다는 것이다.

6월 2일에 〈뉴요커〉는 3부작 중 1부를 게재했고, 레이첼은 이제 서서히 대중에게 알려지기 시작했다. 레이첼은 밀려드는 전화를 받았고, 가방으로 한가득 팬레터를 받았으며, 강연을 해달라는 초대를 받았다. 그녀 역시 당황하기는 마찬가지였다. 레이첼은 마리에게 편지를 써서 보냈다.

"아, 이럴 수가! 이게 모두 나에게 일어난 일이란 말이지. 정말 믿을 수가 없어!"

가족과 동료, 친구들 속에서 조용하게 살아온 레이첼은 이제까지는 비교적 개인적인 삶을 살았다고 볼 수 있다. 아직 레이첼은 글자 그대로 대중이 자신에게 갖는 사적인 관심이 낯설기만 했다.

"날마다 깜짝 놀랄 일이 생기곤 해. 그렇다 해도 일단 상품으로 나온 책은 나와는 크게 관련이 없는 것 같아. 책은 책일 뿐이야. 아이가 부모와는 별개인 것처럼 말이야. 어쨌든 사람들이 책에 대해서 좋은 말을 해줘서 기뻐. 그런데 나에 대한 말은 모두 기묘한 것들뿐이니 원." 레이첼은 마리에게 편지를 썼다.

어느 날, 레이첼은 어머니와 여행 중이었다. 그곳에서는 아무도 자신을 알아보지 않을 거라는 확신이 있었다. 마음 푹

놓고 미장원에 들러서 파마를 하는데, 미장원 주인이 다가오
더니 드라이어를 끄고는 말했다.

"괜찮다면, 선생님을 만나고 싶어하는 사람이 있는데요."

"나는 어찌해야 할지 몰랐어요. 목에는 수건을 두르고 있었
고, 머리에는 온통 핀이 꽂혀 있었거든요." 레이첼이 심정을
토로했다.

이른 아침에 누군가 모텔 문을 두드리는 소리가 들려, 카슨
부인이 나가보았다. 순간 사인을 받으려는 열광적인 팬이 문
을 밀치고 들어와 책 두 권을 레이첼에게 내밀며 사인을 해달
라고 보챘다. 겁이 난 레이첼은 침대에서 이불을 꼭 움켜쥐며
벌벌 떨었다.

책이 나온 지 6개월이 지나서, 레이첼은 '내셔널 북어워드'
논픽션 부문을 거머쥐었다.

물론 만족스러운 일이지만, 상과 격찬의 말만이 『우리를 둘
러싼 바다』의 성공적인 질주를 설명하는 전부는 아니었다. 분
명히 레이첼의 글에는 시가 담겨 있었다. 어느 곳에서 레이첼
이 한 강연 내용이다.

바람과 바다, 움직이는 밀물과 썰물은 그냥 그 자체입니다. 그
속에 경이로움과 아름다움, 그리고 장엄함이 있다면 과학은 이
런 특징을 더욱 개발해야 할 것입니다. 혹시 그 속에 아무것도

없다면 과학은 그런 것들을 창조할 수는 없을 겁니다. 바다를 주제로 다룬 제 책에 시가 들어 있다면 그것은 고의로 넣었기 때문이 아니라, 시를 배제한 채 바다에 대해서 제대로 쓰기가 어려워서였을 겁니다.

당시 사회상은 마음 편히 책을 읽을 수 있는 상황이 아니었다. 레이첼이 받은 팬레터를 보면 그때 사람들이 어떤 감정이었는지를 알 수 있다. 세계 제2차대전이 끝나고 6년간 미국은 핵무기 경쟁과 한국전쟁에서 군사적 조치에 혈안이 되어 있었다. 많은 사람이 안정을 갈망했다. 광범위한 사람들이 『우리를 둘러싼 바다』를 읽고 레이첼에게 편지를 보내왔다.

"독자들은 이 책이 인간 문제에서 생기는 긴장과 스트레스를 날려준다고 했어요…… 그래서 이 책이 좋다고 하더군요. 인간이 생겨나기 전인 지질시대부터 지금과 같은 지구와 바다가 존재했다는 수백만 년이라는 긴 관점에서 보면, 우리의 찰나적인 문제에 여유를 가질 수 있다고 했어요. 우리 인간은 자연에 전적으로 의지하고 살지만, 자연은 그렇지가 않으니까요." 레이첼이 설명했다.

또 어떤 독자들은 이렇게 방대한 과학적 지식을 요하는 책을 여자가 썼다는 것이 믿기지 않는다고 했다. 레이첼은 자신을 페미니스트로 칭하지는 않았다. 그녀는 정기적으로 미용

실에 가서 머리를 다듬었고, 탐방을 나갈 때면 작은 모자와
장갑을 꼈다. 분명히 성적차별도 경험했다. 그럴 때마다 레이
첼은 얼굴을 찡그리며 이를 무시했다.

『우리를 둘러싼 바다』 남성 독자들 가운데는 여성도 과학적 주
제를 다룰 수 있다는 걸 인정하기를 꺼리는 사람이 있어요. 레
이첼이 여자 이름이라는 걸 모르는 독자들은 당연히 남자라고
추측하기도 했죠. 성경을 제대로 읽어본 사람이라면 알았을 텐
데요. 미스 레이첼 카슨이라고 호칭을 적당하게 부른 사람조차
도 편지에는 'Dear Sir'로 시작했죠. 그는 최고 지적능력은 늘
남성의 전유물이라고 확신했기에, 이런 확신을 스스로 깨고 싶
지 않아서 이런 인사말을 쓰게 되었다고 설명하더군요.

성적인 편견은 몇몇 편지에 반영된 것보다 더 널리 번져나
갔다. 남자 비평가들은 대부분 작가가 여성이라고 밝히는 것
을 별로 내켜하지 않았다. 조너선 노턴 레오나르도는 일요일
자 〈뉴욕타임스〉 북리뷰에 "책 날개에 저자의 사진을 넣지 않
은 것은 유감스러운 일이다. 어려운 과학을 이렇게 아름답고
도 정확하게 표현한 여성이 도대체 어떻게 생겼는지 호기심
이 생긴다"라고 묘사했다.

"정말로 의외네요. 저는 당신이 거구에, 가까이하기 어려운

험상궂은 여성일 거로 생각했어요." 이전에 레이첼을 한 번도 만난 적이 없는 〈옥스퍼드〉 편집자가 그녀를 보자 당황하며 말했다.

셜리 브리그스는 레이첼을 모델로 그림을 하나 그렸는데, '독자들이 상상할 법한 레이첼'이라는 제목을 붙였다. 브리그스는 헤라클레스만 한 크기의 여성을 소용돌이치는 물속에서 있게 그린 후, 한 손에는 창을, 다른 한 손에는 문어를 들게 했다. 이 그림은 아주 유용하게 쓰이기도 했다. 레이첼의 어머니는 한눈에 보기에도 딱 자질이 없어 보이는 파출부를 면담 중이었다. 마음에 들지 않은 그 여인은 초조하게 그림을 응시했다.

"아, 저 그림이요. 내 딸이에요. 아줌마가 이 일을 맡게 되면 아주 가까이 지내야 할 사람이죠." 레이첼의 어머니가 말했다.

겁을 집어먹은 그 여인은 황급히 그 자리를 떠났다.

일부 비평가들은 레이첼이 자질이 부족하다며 헐뜯어댔다. 당시 레이첼은 과학자의 지위가 아닌 FWS 출판부에서 편집장 지위로 일했다. 비평가들은 레이첼이 과학자라는 엘리트 신분을 갖고 있지 않다며 그녀를 불편하게 여겼다. 레이첼은 '내셔널 북어워드'를 수상하고 나서 소감을 말했다.

우리는 과학 시대에 살고 있습니다. 그런데 현재 과학 지식은 실험실에 사는 소수만이 누리고 있는 실정입니다. 이건 말도 안 되는 일입니다. 과학은 삶 그 자체입니다. 과학은 인간 삶의 일부입니다. 과학은 인간이 경험하는 모든 것의 목적이고 방법이고 이유입니다.

일부 과학자들은 『우리를 둘러싼 바다』를 보고 격렬하게 흥분했다. 하버드대학의 비교동물학과 학장 겸 해양학자인 헨리 비글로는 레이첼에게 "당신이 모은 방대한 자료에 깜짝 놀랐습니다. 50년간 바다와 관련된 일을 해왔는데도, 당신 책에는 내게 없는 좋은 자료가 많더군요"라는 내용의 편지를 보내왔다.

책을 출간한 지 넉 달 만에 10만 부가 팔려나갔다. 크리스마스까지 하루에 4천 부가 팔렸다. 『우리를 둘러싼 바다』는 〈뉴욕타임스〉 베스트셀러 목록에 82주나 올라가 있었다. 이를 계기로 레이첼의 첫 책 『바닷바람 아래서』를 재출간하게 되어 어느 정도 성공을 거두었다. 〈뉴욕타임스〉 비평가는 이런 기사를 내보냈다.

호리호리하고 부드러운 FWS의 편집장은 최고의 재능을 지닌 것처럼 보인다. 평균 1세대에 1~2명 정도가 문학적 재능을 지닌 과학자가 나타나는데, 미스 카슨이 여기에 속한다 할 수 있다. 그녀의 저서로는 『우리를 둘러싼 바다』와 『바닷바람 아래서』가 있다.

책이 많이 팔려 인세가 많아지자 레이첼은 직장에 장기휴직을 신청해 7월 1일부로 한동안 자유의 몸이 되었다. 레이첼은 〈휴턴 미플린〉 출판사와 계약한 '해안 안내서' 작업에 착수했다.

"나는 항상 예전에 했던 일보다는 앞으로 할 일에 더욱 흥미를 느낍니다." 레이첼이 말했다.

'해안 안내서' 기획은 무지함에서 시작되었다. 〈휴턴 미플린〉의 편집장과 친구들은 케이프 코드를 한가로이 거니는 중이었다. 왕게들이 모래 여기저기 흩어져 있었다. 친구들은 선행을 행한답시고 게들을 주워 바다로 돌려보냈다. 그들은 이런 자비의 행동이 정상적인 짝짓기 과정을 방해하는 행위란 걸 전혀 알지 못했다. 나중에 이 사실을 안 편집장은 이런 무지를 격퇴할 '해안 안내서'를 출간할 계획을 세웠다.

레이첼은 메인 주에서 플로리다 주까지 해안선을 탐방하러 길을 나섰다. 이번 책이 전형적인 안내서보다 더 특별해야 한다는 것을 알고 있었다. 해양생물은 어떻게, 어디에 보금자리를 마련할까? 먹이는 어떤 방식으로 찾을까? 생존 전투는?

이런 것들이 레이첼의 흥미를 돋우었다.

해안은 지구와 바다만큼 오래된 고대 세상으로, 이곳에서 육지와 바다가 만난다. 그러나 해안은 계속해서 창조활동을 하고 생명을 냉혹하게 몰아내기도 한다. 물속으로 들어갈 때마다 매번 나는 새로운 지식을 얻는다. 해안의 아름다움과 그 깊은 의미, 주위 생명체들끼리 복잡하게 얽힌 삶의 복잡한 감각.

9
바다의
가장자리

레이첼은 새로운 책을 쓰는 일에만 몰두할 처지가 아니었다. 메인 주에서 휴가를 보내고 집으로 돌아왔는데 가족에게 위기가 닥쳤다. 결혼도 안 한 조카 마조리가 덜컥 임신을 하고만 것이다. 1950년대에 시집도 안 간 처녀가 임신했다는 사실은 완전히 망연자실한 엄청난 사건이었다. 레이첼은 이 소식이 알려지게 되면 마조리의 인생은 끝장이라는 것을 너무나 잘 알고 있었다. 대중에게 알려진 레이첼에게도 안 좋은 영향을 끼칠 것은 뻔했다. 레이첼과 어머니는 서둘러 왜 아기 아버지가 없는지에 대한 이야기를 꾸며냈고, 아기가 태어날 준비를 했다.

레이첼은 마리에게만은 숨김없이 털어놓았다. 『우리를 둘러싼 바다』로 이례적인 성공을 거둔 레이첼은 이를 즐길 여유도 없이 가족의 시련 속으로 빠져들었다. 몇 년이 지나서 레이첼은 친구에게 이때의 심정을 토로했다.

"『우리를 둘러싼 바다』 출간과 더불어 모든 것이 뒤따라왔어. 언론매체에선 앞을 다투어 갈채를 보냈고, 일부 비평가들과 대중은 '촉망' 되는 신인 작가를 발굴하였다며 흥분을 감추지 못했지. 그런데 하필이면 같은 시기에 집안에 골치 아픈 일이 터져서 이 좋은 것들을 하나도 즐기지 못하고 날려버렸어. 아마 그런 일은 다시는 오지 않겠지. 이제껏 가장 비통한 순간이 언제냐고 물어보면 바로 그때라고 대답할 거야."

운명의 장난처럼, 가족의 사생활을 철저히 보호할 필요가 있을 시기에 레이첼은 명성을 얻었고, 더는 사회적으로 개인 신분이 아니었다. 인터뷰와 강의요청이 쇄도했다. 사생활을 드러내고 싶지 않은 레이첼은 조심하고 또 조심했다. 맨 처음에 많은 관중 앞에서 강연할 때 물고기와 고래 등의 바닷소리를 녹음해왔다. 이런 방식은 사람들에게 흥미를 주었고, 몇 번 더 써먹었다.

여러 대학에서 그녀에게 명예학위를 주겠다며 발 벗고 나섰지만, 극히 일부만 받아들였다.

"사람들이 요청하는 걸 절반만 한다고 해도 한꺼번에 여러 방향으로 미친듯이 질주하는 '이상한 나라의 앨리스' 가 되어야 할 판이라고요." 레이첼이 말했다.

모교인 PCW에서 명예학위를 받았을 때 레이첼은 동문 친구에게 딱딱한 바다에 하이힐을 신고 서 있는 것보다 맨발로 모래 위를 걷는 게 훨씬 더 편한 느낌이라고 했다. 드렉셀 공과대학도 레이첼에게 명예학위를 수여했고, 이에 대한 답례로 레이첼은 과학과 문학의 관계에 대하여 공대생들에게 강연했다.

이따금 과학자들은 과학자들을 대상으로만 글을 쓴다고 비난받아 왔습니다. 그들은 대중이 이해할 수 있는 언어로 자신들의 연구결과를 설명하려 하면, 심지어 그 시도까지도 못마땅하게 여기기도 합니다. 문학은 단지 진실의 표현일 뿐입니다. 그리고 과학적 진실은 표현만 할 수 있다면 우리가 살아가는 세상을 개선할 힘이 될 수 있습니다.

레이첼은 미래에 출간될 『침묵의 봄』과 연관된 주제에 자주 접근해 갔다. 존 버로스 메달 수여식에서는 이렇게 경종을 울렸다.

인간은 스스로 창조한 인공세계 속으로 너무 깊이 빠져버렸습니다. 강철과 콘크리트 도시 속에서 인간 스스로 땅과 바다와 초원에서 고립되었습니다. 인간은 스스로 자신의 힘에 중독되어 점점 더 세상과 인간을 파괴하는 듯이 보입니다.

엄한 것을 문제 삼는 독자들도 일부 있었다. 어떤 사람은 편지를 보내 레이첼이 진화론을 언급해 하느님의 천지창조를 인정하지 않았다고 비난했다. 감정을 억제하면서 레이첼은 진화론은 지구의 생명체 성장을 설명하는 가장 논리적인 방식이라고 설명했다. 아울러 진화론도 신의 창조로 이해할 수 있는 부분이기 때문에 천지창조와 과학의 충돌을 피하고 싶다고 덧붙였다. 한 번은 레이첼의 어머니가 하나님이 이 세상을 창조하셨다고 말씀하시자 레이첼은 제너럴 모터스가 올즈모빌(레이첼의 승용차 이름-옮긴이)을 창조했지만, "그게 뭐 대수냐"고 대답하기도 했다.

『지구를 둘러싼 바다』의 성공으로 난생처음으로 레이첼은 경제적인 걱정에서 벗어났다. 레이첼은 구겐하임 펠로십 지원금을 반납하면서 이제 자신은 더는 후원금이 필요치 않으니, 꼭 필요한 다른 사람에게 주라고 했다.

5월에 레이첼과 밥 하인즈는 플로리다키스(플로리다 주 남단의 작은섬-옮긴이)에서 필요한 견본을 채취하면서 며칠을 보냈다. 레이첼은 잡은 게 3종류에 FWS 동료의 이름을 따서 별명을 붙여주었다. 이제 휴직기간도 거의 끝났으므로 퇴직 여부를 결정해야 할 시기가 되었다. 레이첼은 사직서를 우편으로 보냈다. 밥 하인즈는 레이첼에게 기분이 어떠냐고 물었다.

"황홀해요!" 레이첼이 대답했다.

플로리다키스에서 밥 하인즈와 레이첼(1952년)

　이로써 레이첼은 연방공무원의 규제를 받지 않고 마음대로 환경문제를 말할 수 있게 되었다. 여태까지는 정치적인 견해는 자제하려고 애썼지만, 앞으로는 의견을 피력하는데 전혀 망설일 필요가 없었다. 새로 선출된 공화당의 드와이트 D. 아이젠하워 대통령은 내각을 개편하기 시작했다. 그는 사업가 출신인 더글러스 맥케이를 내무부장관으로 임명했다. 맥케이는 FWS 국장인 앨버트 데이를 속전속결로 해고하고 경험 많고 유능한 전문가들을 내쫓더니, 정치인들을 대거 등용했다. 이에 분노한 레이첼은 이를 언론에 알리기 시작했다. 〈워싱턴 포스트〉로 보낸 글에서 데이 국장과 직원들 해고의 부당함을 알리며, 이는 '금세기 최고의 천연자원 약탈'의 신호탄이라고 공격했다. 데이 국장은 개인의 영달을 위해 천연자원을 약탈하려는 사람들과 맞서 싸운 사람임을 밝히며, 이번 해임 결정은 '무분별한 개발과 파괴를 자행하던 어두운 과거로 돌아가려는 정치적인 음모로, 제한 없는 개발은 근절되어야만 한다'고 주장했다.

9월에 레이첼은 '해안 안내서' 자료를 모으러 밥 하인즈와 다시 메인 주로 돌아갔다. 레이첼은 물웅덩이에 들어가 너무 오래 있는 바람에 가끔 몸이 꽁꽁 얼어서 나오지도 못할 지경에 이르기도 했다. 그럴 때면 하인즈가 꺼내주었다. 이런 탐방은 연구가 목적이기도 했지만, 더러는 가족에게서 받는 스트레스를 푸는 탈출구이기도 했다. 워싱턴에 있는 마조리는 사내아이를 출산했다. 이름은 로저 앨런 크리스티로 정했다. 레이첼은 절친한 친구들조차도 마조리가 임신한 사실을 알지 못하게 비밀을 유지했다. 일부 사람들은 레이첼이 결혼하지 않았기 때문에 가족의 책임감에 대해서 잘 이해하지 못할 거라고 떠벌려댔다. 하지만 실제로 레이첼은 평생 가족을 돌보며 가장으로 살아야 했다.

집안일과 '해안 안내서'의 원고마감 임박으로 중압감에 시달리던 레이첼은 원자폭탄에서 나오는 방사선이 생물에 미치

는 영향을 연구하는 프로젝트에 참여해 달라는 요청을 받았
지만 이를 거절했다. 원고마감 날짜 때문이라는 것은 공식적
인 핑곗거리에 불과했고, 연로한 어머니를 보살펴야 하는 게
결정적인 원인이었다고 전해진다.

1952년에는 좀더 실망스러운 일이 있었다. RKO 영화사는
『우리를 둘러싼 바다』를 영화용 다큐멘터리로 제작할 계획을
세웠고, 전체 원고를 통제할 거로 여긴 레이첼은 계약서에 서
명했다. 그런데 최종 시나리오를 읽은 레이첼은 경악하고 말
았다.

"솔직히 말해서 처음 원고를 읽고는 너무 최악이라 어찌할
바를 몰라서 그냥 덮었어요. 다음날에 정말 내 생각이 맞았는
지를 확인해보려고 슬그머니 원고를 다시 펴들었어요. 하지만
읽으면 읽을수록 혈압이 더 올라가더군요." 레이첼이 말했다.

원고는 온통 실수투성인데다가, 간담이 서늘해질 만큼 의
인화가 심했다.

"인간의 장단점이 하등동물에게 있다는 가설은 이미 오래
전에 사실이 아닌 것으로 밝혀졌어요. 마치 이 원고는 잡지
부록 수준에 지나지 않는다고요." 레이첼이 말했다.

레이첼은 그저 원고를 평가할 권리만을 가졌을 뿐이지 수
정을 요구할 자격은 없었다. 일부 비평가들은 이 영화가 책과
는 전혀 연관성이 없다고 말했다. 그런데도 이 영화는 1953년

에 최고의 다큐멘터리 상인 아카데미상을 받았다.

1953년 전반부 내내 레이첼은 '해안 안내서'에 올바로 접근하는 방법과 씨름 중이었다. 훗날에 그녀는 이렇게 말했다.

작가는 스스로 주제를 악용하려고 시도해서는 안 됩니다. 또 작가는 독자들이나 편집자들이 읽고 싶어한다고 믿는 것에 따라 주제를 채우려고 해서도 안 됩니다. 작가의 첫 임무는 주제를 상세하게 이해해서, 다방면으로 점검해, 자신의 마음을 흡족하게 해주어야 합니다. 그러다 어느 전환점에서 그 주제는 힘을 발휘하게 되고, 진정한 창조활동을 시작하게 됩니다······ 작가의 훈련 과정은 잔잔함을 배우는 것이고, 어떤 주제로 말하는지를 경청하는 것입니다.

레이첼은 창조적인 과정에 대해 수없이 생각했다. 창조적 과정은 매우 복잡한 것이다. 어쩌면 운명이라는 개념과 연관성이 있는 것 같기도 하고, 뭔가 진행하는 과정에서 내가 단지 도구일 뿐이라는 이루 형언할 수 없는 감정과도 관련 있을 수 있다.

한여름에 레이첼은 '해안 안내서' 편집자에게 책의 방향을 잘못 잡았다는 것을 이제야 깨달았다고 고백하는 편지를 썼다. 다시 자세를 가다듬은 레이첼은 다양한 해안 환경을 탐험할 계획을 세웠다. 북부의 바위투성이 해안에 사는 생명체는 조수에 지배를 많이 받았고, 대서양 중부 지역의 모래 해변은 파도가 거세었고, 남부 산호 해안의 조류는 주로 생명체의 형태를 결정했다.

레이첼은 메인의 해안과 사랑에 빠졌다. 처음으로 경제적으로 안정된 레이첼은 부스베이 항구 근처 사우스포트 아일랜드에 땅을 사서 아담한 별장을 지었다. 그곳에서 휴식을 취하면서 마리에게 편지를 썼다.

"이곳에서는 수심이 깊은 쉽스콧 강어귀가 보여. 상상도 못 하겠지만, 고래들이 지나가. 놈들이 물을 내뿜으며 빙글빙글 회전하는 모습은 아주 장관이라니까."

7월에 레이첼은 어머니와 새로 들어온 고양이 머피와 함께 새로 지은 별장에서 한동안 머물 요량이었다. 그곳에서 평생을 함께할 도로시와 스탠리 프리먼 부부를 만났다. 이 부부는 『우리를 둘러싼 바다』의 애독자였고, 이렇게 명성 높은 유명한 작가를 이웃으로 두게 되어 기뻤다. 도로시는 성격이 밝았고, 정이 많았으며, 진심 어린 편지도 잘 썼다. 레이첼보다 아홉 살이나 더 많은 도로시에게는 온화함과 가족에게서만 느끼는 특유의 안정감이 배어 나왔다. 도로시 역시 그곳을 사랑했고, 평생 여름이면 그곳에 와서 보냈다. 레이첼과 똑같이 그녀도 나이 든 어머니를 돌봐야 할 처지였다.

별장이 있는 사우스포트에서 도로시와 스탠리 부부와 함께한 레이첼

단시간 내에 두 여성은 서로 이름을 부르는 사이가 되었다. 비록 과학자는 아니지만 도로시 프리먼은 아마추어급 자연주의자로, 시로 둘러싼 레이첼의 과학을 올바르게 인식했다. 앞으로 수십 년간 두 사람은 실제로 본 기간보다는 편지를 교환하며 마음을 나누게 된다. 그들은 편지로 음악과 시를 노래했고, 감명 깊게 읽은 책과 자연에 대해서 이야기했으며, 서로 다른 곳에 있으면서도 '마음이 통한' 즐거움에 대해서 토로했다. 두 사람의 편지는 우정을 넘어선 연인 사이의 애정을 보여주었다.

레이첼은 개인적인 스트레스가 점점 증가하고 있을 시기에 도로시를 만났다. 그녀는 도로시에게 편지를 썼다.

"작가는 그저 평범한 사람이에요. 거기다 친구들마저 존경하기 시작한다면 금방 외톨이로 전락하고 말죠. 그 작가는 더는 그 무리 틈에 속하지 않게 되니까요!"

80대 중반이 된 카슨 부인은 자주 앓아누웠고, 미혼모인 마조리도 건강이 좋지 않았다. 거기다 레이첼의 새 고양이 머피가 죽었다. 그러자 레이첼은 마리에게 편지를 보냈다.

"다시는 고양이를 키우지 말아야겠어. 또다시 이런 슬픔을 맛보고 싶지 않아. 여태 다른 고양이들도 사랑했지만, 그래도 머피는 더 특별했어."

방황 끝에 레이첼은 다시 일을 손에 잡았다. 레이첼은 조수 웅덩이와 망원경 아래 세상 속에서만 심오한 즐거움과 만족감을 찾을 수 있었다. 플로리다키스로의 탐방 여행 중에 레이첼은 요트 정박소로 가려고 무거운 장비를 들고 셜리 브리그스와 버스를 기다리느라고 애먹은 내용을 묘사했다.

"버스가 도착하자 함께 기다린 사람이 장비를 모두 올려주면서 '당신들은 마치 신세계를 발견하러 가는 사람들 같구려'라고 말하더라고. 그래서 나는 이런 장비는 해안 연구의 기본이라고 말해줬다."

1953년 12월 말에 레이첼은 전국과학진보협회에서 강연했는데 다른 강연과는 다르게 전문 과학자들을 대상으로 한 학술세미나였다. 넉 달 후에는 거의 천명이나 되는 여성 저널리스트 앞에서 이전에 했던 강연보다는 좀더 개인적인 내용을 담아 강연했다. 레이첼은 그곳에서 어린 시절 이야기와 바다를 향해 품었던 갈망에 대해서 이야기 보따리를 풀어놓았다. 또 작가가 되고자 했던 열망과, 과학에 푹 빠져서 작가와 과학자 사이에서 무엇을 택할지 고민하던 일도 이야기했다. 그리고 어업국에서 일하면서 즐거웠던 이야기, 마리와 알바토로스 호를 탄 항해 이야기, 셜리 브리그스와의 탐험 이야기 등을 들려주었다. 레이첼은 여러 에피소드를 풀어놓으면서 청중을 맘껏 즐기게 했다. 또한 그동안 일하면서 겪었던 일부 남성들의 부정적인 반응에 대해서도 토로했다.

좀더 진지한 부분에서는 이렇게 말했다.

"과학을 다루는 우리 같은 사람들에겐 한 가지 특징이 있습니다. 그것은 우리는 따분하지 않다는 겁니다. 우리는 따분할 시간이 없습니다. 항상 새롭게 연구해야 할 것이 있으니까요. 미스터리를 하나하나씩 풀어나가다 보면 그것은 더 거대한 일의 시발점이 됩니다."

'우리는 따분하지 않다' 라는 이 말은 아마도 레이첼 카슨의 지력을 아주 잘 표현한 말이다. 강연 마지막에 레이첼은 이렇게 끝을 맺었다.

"이렇게 말하면 저를 감상주의자로 여길지 모르겠습니다만, 자연의 아름다움은 개인이나 사회의 정신적인 성장에 꼭 필요하다고 믿습니다. 자연이 파괴될 때마다, 인간이 만든 인공적인 것이 천연의 특성을 대체할 때마다, 우리의 정신적인 성장은 점점 더 지연되고 맙니다. 하지만 우리를 둘러싼 우주의 경이로움과 현실에 주목하면 할수록 자연을 파괴하려는 의도는 점점 줄어들 겁니다."

감동적이고 열정에 찬 연설을 들은 협회 위원들은 이제껏 들은 연설 중에서 최고였다고 그녀를 한껏 추어올렸다.

진행하던 '해안 안내서' 제목이 『바다의 가장자리』로 정해졌다. 6월 중순에는 〈뉴요커〉에서 『바다의 가장자리』를 시리즈로 게재하는 데 관심이 있다는 소식을 접하고 전율을 느꼈다.

"레이첼이 다시 한번 해냈어요." 윌리엄 숀 편집장이 마리에게 말했다.

레이첼을 향한 숀의 존경은 하늘을 찌를 듯했다. 이런 갈채를 받은 레이첼은 다시는 『우리를 둘러싼 바다』에 견줄만한 작품을 쓰지 못할 거라는 두려움을 극복할 수 있었다.

레이첼은 12월 말에 한 번 더 강연에 나갔다. 그러고서 다시 글을 쓰러 돌아왔다. 고양이 없이 일한다는 생각만으로도 고통스럽기 그지없었다. 고양이 버지와 키토는 『바닷바람 아래서』를, 티피는 『우리를 둘러싼 바다』를, 머피는 『바다 가장

자리에서』를 함께했다. 이제 제피가 이 대열에 합류했다. 3월 중순까지 레이첼은 이 책의 대부분을 완성했다.

"당신은 참으로 대단한 여자예요! 이 원고는 이제껏 당신이 써온 최고의 글과 맞먹는 수준이에요. 『우리를 둘러싼 바다』를 능가하는 구절 몇몇이 눈에 띄더군요." 편집자가 원고를 읽고 편지를 보냈다.

이번 새 책에서 레이첼은 이렇게 말했다.

"나는 바다 세상의 일부를 점령한 생명체가 얼마나 경이롭고 무섭고 활기에 넘치며 적응력이 좋은지에 대한 이야기를 써서, 바다의 생명체가 모든 역경을 디디고 어떤 방식으로 생존하는지를 보여주려고 합니다."

레이첼은 수시로 연구 활동에 푹 빠져서 썰물 때마다 불꽃 같은 빛깔의 아네모네가 먹잇감을 향해 몸을 흔들며 가는 걸 지켜보았다. 이른 아침 간조 시기에는 온통 주위가 소금냄새, 물소리, 부드러운 개구리 울음소리 등으로 가득 차오르는데 이 순간은 소중하기 그지없다. 다른 사람들도 이런 순간을 즐기긴 마찬가지였다. 몇 주 만에 새 책은 〈뉴욕헤럴드 트리뷴〉과 〈뉴욕타임스〉 베스트셀러에 목록을 올렸고, 〈뉴욕타임스〉에는 23주 동안이나 베스트셀러 자리를 지켰다. 레이첼은 편집자에게 대중의 반응을 편지로 썼다. "사람들은 모래가 그저 단순히 모래가 아니라는 생각에 매료되었나 봐요."

일부 비평가들은 이번 책이 『우리를 둘러싼 바다』만큼 폭넓게 다뤄지지는 않았다고 평했다. 또 다른 비평가들은 탁월한 레이첼 카슨이 모래 한 알 한 알의 의미를 발견했다고 높이 평가했다. 서문에서 레이첼은 어린 시절부터 관심을 보인 주제에 흥미를 불어넣었다.

해안의 삶을 이해하려면 빈 조개껍데기를 주워 "이건 뿔고둥이야" 혹은 "이건 에인절 윙이야" 하는 것만으로는 충분치 않다. 한때 이 빈 껍데기에서 살았던 생물의 전반적인 삶을 직관적으로 이해하는 것이 필요하다. 밀려드는 파도와 폭풍 속에서 어떻게 살아남았을까. 천적은 무엇일까. 어떤 방식으로 먹잇감을 찾을까. 번식은 어떻게 할까. 바다와는 어떤 방식으로 연결되어 있을까.

〈뉴욕타임스〉는 윌리엄 숀의 말을 되풀이해서 전했다.
"미스 카슨이 다시 화제작을 냈다는 소식입니다. 이번에 나온 책은 『우리를 둘러싼 바다』에 버금갈 만큼 지혜롭고 멋집니다."

10
잃어버린
숲

그녀는 대중의 눈에 자신이 용두사미로 비치지 않은 걸 다행으로 여겼다. 레이첼은 지쳤지만 만족했고, 한동안은 글을 쓰지 않고 책을 읽으며 안락한 생활을 즐길 작정이었다. 그런데 『바다의 가장자리』를 작업하는 동안 '바다의 진화'에 관한 책을 쓰기로 이미 동의한 상태였다.

"정말 나 자신한테 어이가 없어요. 새 책을 시작하기 전에 충분한 시간 여유를 가질 수 있으리라 생각했는데……" 하지만 실제로 레이첼은 행복해했다. "술독에 빠진 알코올 중독자처럼 이번 연구에 중독되어 있답니다…… 머릿속이 온통 아이디어로 가득 차 있다고요." 그녀는 도로시에게 편지를 썼다.

이것도 원고 마감날짜가 촉박했지만, 이보다 더 선행해야 할 자그마한 프로젝트가 있었다. CBS TV 프로그램 〈옴니버스〉의 연출자들이 구름을 주제로 한 다큐멘터리를 계획했고, 레이첼에게 원고를 써달라는 청을 넣었다. 레이첼은 TV 프로그램이 낯설었지만, '구름'이라는 소재에 호기심이 끌렸고, 새로운 매체와 연결된다는 것에도 구미가 당겼다. 이 아이디어는 CBS 측에 여덟 살짜리 소녀 시청자가 보낸 "하늘과 관련된 프로그램을 보여주세요. 저는 하늘에 관심이 많거든요"라는 편지에 착안해서 시작되었다.

연출자들은 레이첼에게 자유롭게 쓰라는 권한을 주었고, 그 대가로 레이첼은 시청자에게 그저 뻔한 것 이상의 것을 보여주었다.

움직이는 구름의 아름다움 뒤에는 지구의 나이만큼 오래된 이야기가 숨겨 있다. 구름은 하늘이, 사는 바람이 쓴 글이다. 구름은 바다와 육지를 넘어 방랑하는 공기뭉치를 나른다. 구름은 날기 좋은 날씨를 비행사에게 약속하거나, 아니면 지금은 고요하지만 곧 격렬한 바람이 휘몰아칠 거라는 전조를 보여준다. 하지만 일반적으로 구름은 삶 자체와 연결된 오랜 세월을 거친 과정을 나타내는 포괄적인 상징이다.

1956년 3월 11일에 이 프로그램은 TV 전파를 타고 방영되었고, 레이첼은 오빠의 집에서 시청했다. 곧바로 TV의 영향력은 그녀를 유명인사로 만들었다.

몇 년에 걸쳐 여러 언론에서 레이첼을 취재하려고 애썼지만, 개인 사정을 핑계로 대부분 거절했다. 레이첼은 글을 함께 공유할 의지는 보였으나, 사생활은 그렇지 않았다. 하지만 〈우먼스 홈 컴패니언〉 편집자들이 아이들에게 자연을 가르치려는 부모님들을 도와줄 글을 써달라는 청탁을 하자, 레이첼은 두말없이 승낙했다. 레이첼은 이와 관련해 친구에게 편지를 썼다.

"컴패니언 편집자들은 진정한 프로의식이 있더라고. 내 글에 사적인 것을 가미하자며, 마조리의 아들 로저를 출연시키자는 거야."

레이첼은 로저의 사진을 딱 한 장만 싣기로 허락했다. 이 글은 아이들이 자연을 '아는 것'보다는 '느끼도록' 하는데 초점을 맞추었다. 〈우먼스 홈 컴패니언〉 7월호에 실린 이 작품을 레이첼은 나중에 책으로 낼 계획을 세웠지만, 그렇게 하지는 않았다.

『바다의 가장자리』 출간과 더불어 레이첼의 사교 범위는 한층 넓어졌다. 작가 겸 펜실베이니아 주 판사인 커티스 복은 레이첼과의 서신 교환에 의욕이 넘칠 정도로 열의를 보였다.

"당신도 이미 알겠지만, 제 글은 제대로 다듬어지지 않았습니다."

아마도 정제되지 않은 글일지는 모르나 그의 글은 통찰력과 매력이 넘쳐흘렀다. 레이첼은 커티스 복에게 '바다의 진화' 라는 주제에 대해서 어떤 방식으로 접근해야 하는지 도통감을 못잡겠다는 하소연의 글을 보냈다. 그러자 그는 "습지부터 시작하면 되죠" 하고 답을 보내왔다.

"좀더 확고한 기반을 둘 방향을 찾고 싶어요. 나는 생물학자니까 관찰하고 실험할 수 있는 것에 충실하고 싶어요. 물론 항상 깨닫는 거지만, 지금 우리가 아는 건 아주 콩알만큼 뿐이니까요.' 레이첼이 대답했다.

"그래요, 레이첼. 용감한 소녀처럼 맞서보는 겁니다. 도대체 당신이 신을 상대로 무엇을 할지는 모르지만요." 복이 편지를 썼다.

미국 여자대학협회에서 레이첼의 뛰어난 학문적 업적을 평가하여 공로상을 수여했다. 협회는 간략한 연설을 요구했다.

"글 쓰는 작업은 정말이지 외로운 직업입니다. 물론 자극을 받을 때도 있고, 간혹 친구나 동료와 행복한 관계를 맺기도 합니다. 하지만 실제로 창작 활동을 하는 동안에는 주위 사람들과 단절된 채로 주제에만 몰두해야 합니다. 한 번도 가보지 않은 영역으로 빠져 들어가야 하는 겁니다. 어쩌면 거긴 아직 아무의 발길도 닿지 않은 곳일 수 있습니다. 외롭고, 심지어는 무섭기까지 한 곳일 수 있습니다."

간혹 이지만, 레이첼은 '홀로' 있는 게 더 좋았다. 80대 후반에 접어든 어머니는 점점 허약해졌고, 조카 마조리도 자주 앓아누워, 로저는 레이첼의 차지가 될 때가 잦았다. 레이첼은 마조리의 집세를 내주었고, 병원비도 보조해주었다. 그러다가 둘과 함께 살 큼지막한 집을 찾기 시작했다.

"글 쓰는 일만 빼고 다른 일을 대신 해줄 복제인간이 하나 있었으면 해요. 나 혼자 그 많은 일을 해야 한다니!" 레이첼은 도로시에게 편지를 썼다.

여름 내내 사우스포트 별장에서 지내며 레이첼은 새로운

마조리와 로저와 함께한 레이첼(중앙)

프로젝트를 구상했다. 도로시와 함께 해안에 방치된 '잃어버린 숲'을 사들여 보전하려는 계획을 세웠다.

"난생처음으로 돈이 실생활에 필요한 것을 넘어서 필요하다는 것을 느꼈어요…… 그곳을 사들일 만큼 충분한 돈이 있었으면 좋겠어요…… 어찌 됐든 뜻이 있는 곳에 길이 있겠죠." 레이첼은 복에게 편지를 보냈다.

숲을 조성할 기금을 모으려고 그해 가을에 레이첼은 『우리를 둘러싼 바다』 청소년용 판을 내는데 동의했고, 자연을 노래한 이해하기 쉬운 명시선집名詩選集을 출간할 계획을 세웠다.

그해 여름 어느 날 저녁에 레이첼과 마조리는 해변에 서서 물결치는 파도와 눈부신 푸른 빛에 넋을 잃었다. 뽀글뽀글한 물방울이 다이아몬드와 에메랄드처럼 반짝반짝 빛이 났다. 그때 느닷없이 희미한 불꽃이 앞을 쓱 스쳐 지나갔다. 레이첼은 비로소 그것이 반딧불이라는 것을 깨달았다.

그는 파도 위를 아주 낮게 나는 바람에 몸에서 빛나는 불빛이 자그마한 헤드라이트처럼 긴 물 표면을 비추었다. 그는 그 물빛이 다른 반딧불이가 유혹하는 몸짓으로 착각한 모양이었다. 당연히 그는 곧 수렁에 빠졌고, 허둥지둥 날갯짓을 하며 도움의 불빛을 보냈다.

레이첼은 반딧불이를 구출해 양동이에 넣어 젖은 날개를 말려주었다. 이 이야기를 과학자 친구에게 글로 써 보냈는데, 답장이 왔다.

"그 관찰이 참으로 흥미롭네요. 나중에 사이언스란에 기고 하면 좋겠어요." 그는 또 바다 빛에 유혹된 반딧불이 이야기 는 처음 듣는다는 말도 덧붙였다. "믿기 어렵지만, 당신이 경 험했다니 그건 분명하겠지요."

메릴랜드로 돌아온 레이첼은 풀타임 가정부를 고용했다. 미소를 띤 얼굴에 첫인상이 좋은 이다는 늦은 가을부터 레이 첼 가족을 위해 일하기로 했다. 인터뷰하는 내내 고양이 제피 는 이다가 마음에 드는지 그녀의 무릎에 앉아 꼼짝도 하지 않 았다.

기대에 찬 새해는 이런저런 사소한 잔병치레로 시작되었 다. 열이 펄펄 끓는 로저를 간호하면서 레이첼은 침대에 누운 다섯 살짜리 아이를 간호하는 일의 어려움을 마리에게 하소 연했다. 그리고 마조리는 폐렴으로 병원에 입원했다.

"우리가 플로리다로 탐험 갔을 때가 생각나. 그렇게 근심걱 정 없는 시절은 또 없을 거야." 셜리 브리그스가 레이첼과 이 야기를 나누었다.

"얼마나 절박한지, 이제 글을 쓰는 건 고사하고 편지조차 쓸 시간도 없어요. 이제 그런 일은 달나라로 여행 가는 것만큼 불가능해졌어요." 레이첼이 도로시에게 말했다.

잠시나마 조카 마조리가 좀 나아졌다고 생각하는 순간 느닷없이 서른한 살이라는 이른 나이에 숨을 거두었다. 로저는 다섯 살이었다. 레이첼은 50세, 어머니는 88세였다.

한참을 고심 끝에 레이첼은 가엾은 로저를 양자로 삼았다.

"로저는 생부는 기억도 못 하고, 우리 가족에서 나밖에 그 아이를 돌볼 사람이 없어요…… 내가 그 아이에게 가장 가까운 사람이에요." 레이첼은 폴 브룩스에게 편지를 썼다.

레이첼은 메릴랜드 실버스프링에 땅을 사서 남은 가족이 다 함께 살 집을 지을 계획을 세웠다.

오랫동안 레이첼 가족과 막역하게 지낸 앨리스 물렌도 저 세상으로 떠났다.

"유사한 정신세계를 지닌 사람을 만난다는 건 평생을 통틀어 그리 흔한 일이 아니죠 .앨리스와 마조리는 내게 그런 존재였어요. 그런데 석 달도 채 안 되는 간격으로 두 사람은 나를 떠났어요." 레이첼이 도로시에게 편지를 보냈다.

슬픔으로 정신이 혼미하고, 책임감으로 마음이 버거운 레이첼은 일이 손에 제대로 잡히지 않았다. 명시선집 아이디어는 '잃어버린 숲' 꿈과 더불어 일단 보류했다. 해안가 땅을 사들이려면 그녀가 가진 것보다 더 많은 금액이 필요했다.

바깥세상 또한 레이첼의 마음처럼 황량하기 그지없었다.

레이첼은 과학기술의 급속한 발전이 소중히 여기는 자연을
위협하자 마음 깊이 상처를 입었다. 1957년 가을, 소련이 첫
인공위성 스푸트니크 1호와 2호를 우주로 쏘아 올렸다.

"앞으로 어떤 미래를 맞게 될지. 이번 사건으로 말미암아
우리는 많은 것을 잃어버릴지도 몰라요." 레이첼이 도로시에
게 편지를 썼다.

레이첼은 이 '흉측한' 생각이 인간에게 재앙을 가져다줄 것
이라 예언했다.

인간은 숲과 댐과 개울을 마음대로 할 수 있다. 그러나 구름과
비와 바람은 신의 몫이다…… 이런 신념은 내 일부나 마찬가
지다…… 자연을 모호하게라도 위협하는 것은 너무나 충격적
인 일이라…… 마음의 문을 닫을 수밖에 없다. 눈에 보이는 것
자체를 거부하고 싶은 충동이 인다. 하지만 이건 옳은 일이 아
니기에, 내 두 눈과 마음을 열어놓아야 한다. 두 눈에 보이는
것이 마음에 들지 않지만, 그렇다고 무시한다고 해서 될 일이
아니다. 시인의 언덕보다 더 영원한 것은 없다는 옛 '영원한 진
리'를 이용하지 않는다면, 상황은 더욱 악화할 것이다. 그래서
지금 우리에게 나타난 진실 그대로를 반영한 '생명'에 대한 글
을 누군가가 써야 할 시기가 온 듯하다. 그런 목적으로 나는 이
책을 집필하기로 했다.

〈홀리데이〉 잡지에서 '천연 그대로의 해안'이라는 주제로 글을 써 달라는 청탁을 받았다.

"돌출된 곳마다, 굽어 도는 해변마다, 모래 알갱이마다 지구의 이야기가 있다. 무엇보다도 고생대부터 말해보면, 그 시기에는 온통 바위와 바다 천지였다."

레이첼은 흥분되면서도 두렵기도 했다. 사람들은 어떤 글을 내놓을지 기대에 찬 표정이었다. 레이첼은 '천혜의 장소'였던 몇몇 곳이 이제는 천혜의 장소가 아님을 지적했다. "그곳은 개발이라는 이름으로 더럽게 오염되었다. 유흥거리, 음식가판대, 낚시꾼들을 위한 통나무집 등으로 난잡했다. 어수선하게 흐트러진 쓰레기들이 문명이라는 이름으로 놓여 있다." 인간의 소음에 묻혀서 더는 바다의 목소리가 들리지 않았다. 레이첼은 야생지역을 보전하자는 간청을 하기에 이르렀다. "우리는 일부 지역을 자연의 방식 그대로 놔두어야만 한다. 일부 지역은 인간의 손이 미치지 말아야만 한다…… 우리는 최첨단 시대에 살고 있지만, 그래도 인간의 방식이 최선이 아니라는 가능성을 남겨두어야만 한다."

또 다른 심상치 않은 문제도 있었다. 1940년대에 레이첼과 FWS 동료는 DDT의 무분별한 사용에 의문을 가졌다. 농무부는 전쟁 중에 생긴 불개미를 죽이려고 DDT를 살포할 예정이었다. 농무부는 DDT를 포함한 독성 화학물질을 남부와 남서

부 2천만 에이커에 살포할 계획을 세웠다. 정부는 이 계획을 언론과 영화를 통해 대대적으로 선전해서, '새로운' 이야깃거리를 만들었다. 전국적인 환경운동이 없었던 시기라, 사람들은 살충제의 위험을 거의 인식하지 못한 상태였다. 대부분은 이런 살충제가 그저 해충과의 전투에서 동맹군으로서의 역할만 한다고 여겼다.

일부 비평가들은 농림부를 살충제의 과잉사용으로 고소하기에 이르렀다. 전국야생생물연합회 회장은 독성이 있는 살충제의 대량사용은 "비듬을 치료하고자 환자의 머리 가죽을 왕창 벗기는 일"과 같다고 했다.

일부 시민도 이 대열에 참여했다. 뉴욕의 연방법원에서 롱아일랜드의 주민들이 섬에 살충제 살포를 멈추게 해달라는 소송을 제기했다. 이번에 '적'은 매미나방이었다. 공개재판에서 살충제 유포로 일부 해충들은 내성이 생겼고, 새들과 '이로운' 곤충들이 손상을 입었다는 증거물이 제출되었다. 이것은 또한 인간 건강에도 위험하다는 증거였다.

레이첼의 친구 올가 오웬스 허킨스는 〈보스턴 헤럴드〉에 편지를 보냈다. 허킨스는 모기를 죽이려는 공중살포로 말미암아 조류보호구에 있는 새들이 중독되었다고 토로했다. 새들은 '끔찍하게 죽어' 갔고, 모기들은 전보다 더 강해졌다고 했다.

　허킨스의 편지를 계기로 레이첼은 그동안의 관심사로 서둘러 다시 돌아왔다.

11
사라지는
흰머리 독수리

레이첼은 살충제 연구에 몰두했다. 그녀는 전 FWS 동료
와 자연주의자, 의사들과 접촉했고, 소송을 건 롱아일랜드 주
민들과 전국에 있는 과학자들을 만나보았다. 그리하여 레이
첼은 살충제가 오염의 주범이 될 수 있다는 결론에 도달했다.
매미나방을 제거하려고 나무에 살충제를 뿌리면, 잎이 떨어
지게 될 거고, 벌레들이 그 잎사귀를 먹게 될 거고, 새들이 그
벌레를 잡아먹게 될 것이다. 그럼, 일부 새들은 허약한 껍데
기를 지닌 알을 낳게 될 것이고, 그러면 알은 금방 깨어지게
된다. 또 어떤 새들은 전혀 생산을 못 할 수도 있고, 목숨을 잃
는 새들도 생겨난다.

　레이첼은 롱아일랜드 소송인 중 한 사람인 마조리 스포크
와 친밀한 관계가 되었다. 두 사람에게 이 문제는 중요했다.

자녀가 있는 마조리와 로저를 책임진 레이첼은 공감하는 게 많았다. 마조리는 로저가 좋아할 만한 게임과 책을 보내왔고, 살충제에 관한 기사와 재판의 사본 등을 보내왔다.

살충제에 대해 점점 더 많이 알아갈수록 독성 화학물질의 무책임한 사용에 대해 글을 써야겠다는 인식이 들었다. 환경의 건강과 인간의 복지가 무서우리만큼 위협받고 있었다. 레이첼은 잡지에 글을 연재하는 형식으로 글을 쓸 생각을 했다. 마리 로델도 동의했지만, 어느 잡지사에서도 이에 관심을 보이지 않았다. 그것은 살충제를 판매하는 기업이 광고를 중단할 것에 지레 겁을 먹고 몸을 사린 것이다. 레이첼은 〈휴턴 미플린〉 출판사의 폴 브룩스 편집장과 〈뉴요커〉의 윌리엄 숀 편집장에게 이 아이디어에 대해서 편지를 썼다. 다행히 두 군데다 관심을 보였다. 숀은 〈뉴요커〉에 2회 장편 분량으로 신자고 제안해왔다. 휴턴 미플린은 책을 내기로 레이첼과 계약했다. 숀은 레이첼에게 의욕만큼 강렬하게 글을 써달라고 요구했다.

"세상에는 객관적이거나 공평하게 다루면 안 되는 것들이 있죠. 어찌 살인자를 용서할 수 있단 말입니까! 우리는 〈뉴요커〉가 세상을 바꿀 수 있다고는 생각하지 않습니다. 하지만 이번에는 그럴지도 모르죠." 숀이 말했다.

허약한 어머니와 어린 로저를 부양해야 하기에 레이첼은

함께 작업할 작가가 필요했다. 마리가 〈뉴스위크〉에 근무하는 과학 분야 편집자를 한 명 찾아냈지만, 이런 준비가 곧 불필요함을 깨달았다. 그녀에게는 공저자가 아닌 연구 활동을 도와줄 조수가 더 필요했다. 레이첼은 대학생 베티 하니를 고용하여 글의 요약본을 쓰도록 했다.

레이첼은 캘리포니아 대학의 동물학 교수가 살충제에 대한 책을 작업 중이라는 소식을 듣게 되어, 그에게 편지를 썼다.

같은 주제를 탐구하는 것이 우리 둘 모두에게 아무런 문제가 되지 않으리라고 봅니다. 이미 오래전에도 같은 주제를 다룬 사람들이 많았으니까요. 각자의 결과물은 제 각각의 특성대로 이 분야에 이바지할 것입니다. 우리가 마음에 둔 이번 주제는 지금 굉장히 중요한 문제입니다. 저 외에도 이 주제를 다루는 사람이 있다는 소식을 들으니 참으로 반갑습니다.

두 사람은 좋은 친구가 되었고, 서로의 작품을 적극적으로 후원했다.

도로시만이 뜻밖에 이 프로젝트에 흥미를 느끼지 않았다. 그녀는 이 주제가 너무 불길하다고 여겼다. 도로시가 이해를 못 해주자 레이첼은 속이 상했다.

"할 일이 뭔지 알면서도 침묵한다면, 미래의 평화는 없을 거예요…… 당신이 진정한 마음으로 나를 지지해주었으면 해요. 또 수많은 사람에게 살충제 문제를 소리 높여 말하는 게 내 의무이자 특권이라고 생각해줘요." 레이첼이 도로시에게 편지를 썼다.

결국 도로시는 이를 수긍했다.

1957년 5월, 롱아일랜드 소송에서 판사는 살충제 살포를 멈추라는 주민들의 외침을 거부했다. 법정은 살충제가 위험하다는 증거가 없고, 살충제를 반복해서 계속 뿌릴 계획이 없다고 말하면서 이번 소송을 마무리 지었다. 주민들은 항소했지만, 순회재판소는 이미 살충제가 살포되었는데도 아무런 문제가 일어나지 않았다고 말하며 이를 기각했다. 위험성이 있다는 건 단지 추측일 뿐이고, 법정은 그런 추론을 받아들일 수 없다는 것이다.

레이첼은 편지 쓰는 일이 잦아졌다. 정보를 얻을 수 있는 사람이라면 누구에게든지 편지를 쓰다 보니 광범위하게 넓어졌다. 레이첼이 정부 관료에게 전화를 걸면 대체로 짜증을 냈지만, 더러는 화들짝 놀랄만한 사실을 넌지시 일러주기도 했다. 예를 들면, 유아용 음식을 만드는 기업은 살충제로 오염된 채소를 두려워한다는 소문이 공공연히 나돈다고 했다. 조사 활동을 하다 보면 자꾸만 조사할 것이 늘어만 갔다. 어떤 글을 읽다 보면 또 다른 문제가 언급되었고, 어떤 사람과 이야기를 나누다 보면 거기서 또 다른 문제가 제기되었다.

레이첼은 책 쓰는 일과, 잡지에 글을 게재하는 일에 푹 빠져서 정신이 없었다. 그녀는 전문가와 곤충과 새, 토양과 사람, 그 외 포유동물과 해양생물 등에 대해 의견을 나누었다. 공무원 생활을 한 16년간의 세월은 여러모로 크게 도움이 되었다. 레이첼은 다양한 정부의 도서관을 이용하는 방법을 알았고, 정보를 얻을 수 있는 사람을 만나는 방법도 알았다. 마조리 스포크의 제안으로 사냥협회와 낚시협회 사람들과도 접촉했다.

"사냥꾼과 낚시꾼들은 아주 호의적이었어요. 그리고 FWS에 근무할 때부터 더러 접촉해온 작가들과 단체들에 불만의 씨앗을 더 많이 뿌리려고 노력 중이에요." 레이첼이 말했다.

뜻밖에도 전문가들은 살충제를 뿌리면 곤충이 내성이 생긴다는 것에 별반 반응을 보이지 않았다

"뭔가 심리적인 문제가 있는 것 같아요. 특히 남성 전문가들은 확실치도 않은 뭔가에 대항해 싸워야 하는 상황에 불편함을 느끼거든요. 그들에게 뭔가 잘못되었다는 절대적인 증거를 내놓지 않는다면, 그들은 회의에 빠져들 거라고요. 그래서 그들은 개인적으로는 뭔가 모를 불안감이 확실히 있는데도, 그 상황을 나름 잘 받아들이는 경향이 있어요. 그러니할 수 있는 한 유독물질 살포에 대해서 명확한 대안을 내놓

아야 해요. 전반적으로 뭔가에 대항하는 분위기의 책은 대안을 제시하는 방식보다 효율적이지 않을 테니까요." 레이첼이 말했다.

1958년 11월 말, 첫 선생님이며, 정신적인 스승이자 후원자 겸 사랑하는 어머니인 마리아 카슨이 발작을 일으켰다. 그리고 며칠이 지나 카슨 부인은 세상을 떠났다. 레이첼은 이 소식을 도로시에게 전했다.

"고통스러운 마지막 밤, 엄마 손을 잡고 침대 곁을 지켰어요. 별들이 그 어느 때보다도 찬란히 빛나는 밤이었어요. 내 손안에서 엄마 손이 스르르 빠져나가더니, 눈을 감으셨지요. 로저에게 할머니가 떠나시던 날 밤에 밝게 빛나던 별 얘기를 해줬어요. 그랬더니 그 별들은 할머니를 하늘로 데려갈 천사들의 빛일 거라고 하더군요."

장례를 마친 레이첼은 어머니를 잃은 슬픔과 로저가 할머니를 잃은 상실감과 싸워야 했다. 이런 심정을 마조리에게 전했다.

"어머니는 그 누구보다도 슈바이처 박사의 모토인 '생명 존중'을 구현하신 분이에요. 온화하고 배려심이 많지만 잘못되었다고 믿는 것과는 꿋꿋하게 싸우셨지요. 지금 우리처럼 말이에요! 어머니는 지금 내가 하는 일에 대해 잘 알고 계시지요. 그것이 나를 그 문제로 돌아가게 해줄 것이고, 그 일을 완수하도록 도울 겁니다."

1월 중순 경에 레이첼은 다시 일터로 돌아왔다. 한 달이 지나 브룩스와 숀에게 진척상황을 보고했다.

"책을 성급히 완성했더라면 아마 기껏해야 불완전한 것밖에 되지 않았을 겁니다…… 여태까지 연관관계에 있다고 생각하지 않은 것들이 하나로 통합되는 듯한 느낌입니다…… 정부가 지금 우리에게 입히는 유독물질의 사용이 얼마나 파괴적인가를 보여줄 꼼짝 못할 증거를 내놓을 겁니다."

레이첼은 '꼼짝 못할 증거'라 함은 인간의 건강을 위태하게 한 증거라고 생각했다.

레이첼은 지금 하고 있는 연구가 논쟁을 불러일으킬 주제라는 사실을 잘 알고 있었다. 전국야생생물협회에서 살충제를 주제로 강연해달라는 청을 받았을 때 이를 거절했다.

"조심할 필요가 있어서요. 잘 아시다시피, 나에 대한 압박이 지독히도 거세지고 있고, 아직 완성되지 않은 연구를 발설하기에는 이르다는 생각입니다. 가능한 한 내 연구단계를 비밀로 유지하는 게 현명하다는 생각입니다."

레이첼은 조심해야만 했다. 농무부가 살충제 산업과 깊게 연관되어 있었다. 그녀와 접촉한 정부 공무원 중 일부는 은폐된 정보 등 레이첼이 원하는 정보라면 무엇이든 제공해주었다. 그들은 레이첼이 그들의 이름을 거명하지 않는다는 조건으로 기꺼이 도움을 주었다.

4월에 레이첼은 〈워싱턴 포스트〉에 글을 보내는 것을 필두로 공식적인 행보를 시작했다. 그녀의 글은 유명한 영국 생태학자의 글을 인용하면서 시작되었다.

지구에 무시무시한 죽음의 비가 내린다…… 이 나라 일부 지역에서 서식하는 유럽울새는 사실상 멸종 위기에 처해 있다. 이런 감소의 원인은 그들이 먹잇감으로 지렁이를 먹는다는 데에 있다. 노래하는 새들이 돌연히 침묵하고, 새의 빛깔이 퇴색되어 아름다움이 사라지는 것은 우리에게 비통함을 안겨주기에 충분하다. 이런 식의 '죽음의 비'가 계속해서 내려진다면, 새에게는 재앙과도 같은 일이며, 우리 인간과 다른 생명체에게도 마찬가지가 아니겠는가.

레이첼과 함께 작업해온 과학자들과 의사들은 DDT 살포가 사람의 건강에 악영향을 준다고 믿었다. 또한 레이첼은 사례연구를 통해 증거를 수집했다. 어떤 운동선수가 편지를 보내왔는데, 1957년 8월에 사냥을 간 적이 있는데, 3주간 그의 텐트에 DDT가 살포되었다고 했다.

우리는 텐트 생활을 하면서 산소를 충분히 공급받지 못했죠. 9월에 집으로 돌아왔는데, 몸 상태가 안 좋아 병원에 가 보니, 적혈구와 백혈구, 그리고 골수가 심하게 손상되어 있다고 하더군요. 거의 생명을 잃을 뻔했죠. 팔에 주사를 41방이나 맞았는데, 주사 한 대에 4시간에서 6시간, 많게는 8시간까지 맞았어요. 지금은 서서히 회복 중이랍니다.

〈이 편지 맨 밑에 레이첼은 '1959년 5월 백혈병으로 사망'이라고 적었다.〉

당시 미국은 흰머리 독수리를 국가적인 상징으로 여겼다. 그런데 〈뉴욕타임스〉의 머리기사에 '미국은 흰머리 독수리를

뉴욕 존스 비치에 DDT를 살포하는 장면(1945년)

점점 잃어가고 있음. DDT 살포로 불임이 의심됨'이라는 제목으로 기사가 실렸다. 플로리다는 이 지역의 흰머리 독수리 80퍼센트가 불임이라는 연구 결과를 발표했다. 이들은 물고기를 잡아먹는데, 물고기 몸에 DDT의 잔여물이 많이 남아 있다고 했다.

11월경, 가족이 둘러앉아 식사하려고 감사 기도를 할 시간쯤, 아침 신문에 '크랜베리의 공포'라는 머리기사가 실렸다. 농무부에서 승인된 아미노트리아졸이라는 제초제가 갑상선 암을 일으킨다는 과학적 연구가 나왔다는 것이다. 식품의약국FDA은 크랜베리의 판매를 금지했다. 청문회에서 터프츠 대학의 한 의학박사는 이 화학물질이 아무런 해가 없다고 주장하면서 이 산업을 지지하는 증거를 제시했다. 그는 이 화학물질을 갑상선 환자들에게 처방했다고 했다.

"오, 맙소사! 그 박사의 증거는 헛점투성이라고요. 더 한심한 건 그도 진실을 알고 있다는 거예요. 그가 진정으로 전문가라면 이 사태를 제대로 파악하고 있을 거라고요."

크랜베리 공포는 단지 서곡에 불과했다. 1950년대 내내 방사능 물질인 스트론튬 90이 핵무기 실험 결과로 대기에 누출되었다. 비를 통해서 분산된 이 물질은 먹이사슬에 영향을 끼쳤다. 1959년 〈컨슈머 리포트〉 잡지는 미국의 음식, 특히 우유에 스트론튬 90이 들어 있다는 기사를 내보냈다. 이것이 건

강에 미치는 위험 정도는 놀라운 것, 바로 골육종(뼈암)과 백혈병의 유발이었다.

레이첼은 대중에게 원자폭탄의 악영향에 대해 알리는 글을 쓰기 시작했다. 1946년에 〈뉴요커〉는 온통 도배하다시피 '히로시마' 라는 제목의 글을 다루었다. 세계 제2차대전 끝 무렵에 미국이 일본의 히로시마와 나가사키에 원자폭탄을 떨어뜨린 직후 존 허시 기자는 일본으로 가서 그 생존자들을 취재했다. 그는 평범한 사람들 여섯 명을 인터뷰했다. 이런 내용을 실은 〈뉴요커〉는 스트론튬 90 문제를 계기로 가판대에서 불티나게 팔려나갔다. '히로시마' 는 라디오에서 연속물로 방영되었고, 이달의 책 클럽 회원들에게 무료로 배포되었다. 이것은 책으로 출간되었고, 쉼 없이 팔려나갔다. 레이첼은 방사능 독성과 살충제 독성 사이에 분명히 상관관계가 있을 것이라 여겼다.

평소대로 글 쓰는 작업은 더디게 진행되었다. 레이첼은 그해 연말쯤에 책을 완성할 계획을 세웠으나, 이것은 명확히 불가능했다.

"책이 자꾸 늘어져서 사람들 신경이 날카로워 있는 건 알아. 하지만 오히려 이렇게 된 게 차라리 잘 됐어." 레이첼이 마조리에게 편지를 썼다.

그러고는 다시 도로시에게 전했다. "내가 이제껏 한 다른 일보다 이번 글이 가장 중요한 것 같아요."

1960년이 시작되면서 레이첼은 궤양과 폐렴, 감염 등의 병마와 싸워야 했다.

"십이지장궤양이래. 그래서 당분간 유아식을 먹으며, 말록스와 프로밴틴 약을 먹고 있어. 상당히 성가신 일이긴 하지만, 그것만 빼면 큰 문제는 없어." 레이첼이 마리에게 쓴 글이다.

병마를 이기고 마침내 일터로 돌아온 레이첼은 폴 브룩스에게 살충제가 암의 유발과 관계가 있다는 연구는 크게 진척이 있다고 편지로 알렸다.

그런데 이번에는 레이첼의 가슴에서 종양 두 개가 발견되었다. 예전에도 이런 일이 있었던 탓에 레이첼은 서둘러 수술 계획을 잡았다. 극단적인 조치로 유방절제 수술을 받고서 레이첼은 의사에게 종양이 악성인지를 상세하게 물었다. 의사는 '아니다'라며, 수술은 단지 예방적 차원이라고 했고, 더는 치료를 권하지 않았다. 레이첼은 이 일을 몇몇 친구에게만 말했다.

"사생활을 지키려고 아무리 노력해도 다 부질없다는 생각이 들어. 제발 문학잡지 가십에나 나지 말았으면 좋겠어. 거기서 내가 무슨 병에 걸렸다더라 하는 얘기는 읽고 싶지 않으니까." 레이첼이 마조리에게 편지했다.

레이첼의 회복은 더디고 고통스러웠다. 그래도 조금 나아졌다 싶으면 침대에서 글을 썼다. 어느 날 조수 해니는 정보를 얻어낼 요량으로 농림부 관료와 인터뷰 중이었다. 그 관료는 해니가 공무원인 줄 알고 이런저런 대답을 친절하게 해주었다. 그러다 해니가 레이첼의 조수라는 사실을 알자 소스라칠 듯이 놀라며 얼굴이 시뻘게진 그는 돌연 인터뷰를 끝내고 그 자리를 황급히 떠나버렸다. 결국 해니는 원하는 정보를 얻어내지 못했다. 해니는 레이첼에게 이 일을 보고하면서, 그 관료는 매우 당황한 표정이 역력했다고 했다.

"분명히 그랬겠지." 레이첼이 말했다.

레이첼은 결국 정보를 얻을 다른 공급처를 찾아냈다.

훗날 해니는 레이첼이 이번 책을 완성하지 못할 거로 생각했다고 고백했다.

"선생님이 겪은 어려움, 그러니까 병마와 어머니의 죽음, 로저를 돌보는 일 등과 같은 온갖 어려움 때문이 아니라, 작업의 속도 때문에요…… 일의 진척이 굉장히 더디게 진행되었거든요. 제가 자라온 경험으로는 그런 속도로 뭔가가 이루어진다는 생각은 하지 못했어요…… 그때는 선생님의 결단력 범위가 어느 정도인지, 또 얼마만큼의 힘을 발휘하는지를 알지 못했으니까요."

레이첼은 상당히 꼼꼼했다.

"내 경험으로 비추어볼 때, 어떤 진술의 진실 여부를 떠나서, 그 진술의 원래 출처를 확인하지 않고서는 그것을 받아들일 수 없는 일이죠." 레이첼이 말했다.

예를 들어서 농무부는 살충제 프로그램에 대해 의문을 제기한 정부 소속의 수많은 생물학자를 해고시켰다. 레이첼은 이런 사실을 알고 있었지만, 확실한 증거, 이를테면 그것을 입증하는 편지 사본 등을 갖고 있지 않으면 이 일을 입 밖에 내지도 않았다.

봄에 최고법원은 롱아일랜드 소송의 항소를 기각했다. 윌리엄 O. 더글러스 판사는 이 문제는 공공연한 중요성을 지니는 것으로, 이를 받아들일 수 없다고 했다. 그는 레이첼이 〈워싱턴 포스트〉와 〈새터데이 리뷰〉에 실은 글을 한참 동안 인용하더니, 이것과는 완전히 의견을 달리한다고 선언했다.

레이첼은 여전히 이번 책의 제목을 놓고 골머리를 앓고 있었다. 〈새터데이 리뷰〉에 실린 롱아일랜드 농약 살포 소송의 판사 윌리엄 O. 더글러스의 통렬한 반론을 보고는 '인간을 위한 반론'이 어떨까 하는 생각이 불현듯 들었다. 하지만 편집자 브룩스는 이를 마음에 들어 하지 않았다. 그는 멸종해가는 유럽울새 얘기를 꺼내면서 '새'를 다룬 장은 '침묵의 봄'이 좋겠다는 의견을 내놓았다. 이후에 그와 마리는 '침묵의 봄'을 전체 제목으로 가자고 했다. 하지만 레이첼은 뭔가 썩 내키지가 않았다.

1960년 여름과 가을 내내 레이첼은 존 F. 케네디 대통령 선거 캠페인에 참여했다. 레이첼의 입장에서 아이젠하워 정부는 환경문제에서는 재앙이었다. 레이첼이 생각하기에 민주당하고는 유독물질과 방사능에서 야기된 오염에 대해서 얘기가 통할 것 같았다. 케네디가 선거에 이기자, 레이첼은 취임 특별 이벤트에 참석하라는 초대를 받았다. 이제 여덟 살이 된 로저는 이 초대에 몹시 감동받았다.

11월에 레이첼은 작업을 잠시 중단했다. 지난번에 수술한 옆구리 갈비뼈에서 혹이 발견되었다. 의사들은 별다른 설명도 없이, 그저 방사선 치료를 계속해서 해야만 한다고 했다. 그러더니 그들은 화학요법을 추천했다. 의사가 아무 말도 하지 않은 걸 수상쩍게 여긴 레이첼은 이전부터 알아온 암 전문의인 클리블랜드에 사는 조지 크라일 박사에게 편지를 썼다.

"내가 알고 싶은 건 어찌해야 하는지 입니다. 아직 써야 할 책이 여러 권이나 있어요. 이렇게 병원에서 남은 삶을 보낼 수는 없습니다."

크라일 박사가 레이첼의 진료기록을 볼 수 없느냐는 청을 넣자 그제야 레이첼은 주치의가 자신을 속였다는 사실을 알게 되었다.

"미스 카슨은 종양이 악성이라는 사실을 모르고 있습니다. 정보 전달 과정에서 미스 카슨이 악성이 아니라고 이해하는 바람에 상황이 좀 어려워졌습니다." 메릴랜드의 의사가 편지를 보내왔다. 당시에는 '암'이라는 말을 언급하는 것 자체를 터부시했기 때문에 의사들은 여성이 암에 걸리면 그들의 남편하고만 상의하는 것이 당연시되었다. 어쨌든 레이첼이 직접 자신의 병에 대해 알려고 발 벗고 나섰다고 해서 상황이 바뀌지는 않았다. 레이첼은 미혼이었기에, 의사들에게서 직접적인 대답을 들을 수 없는 처지였다.

"내 몸에 암이 퍼지고 있어요. 그런데도 아무도 솔직하게 말해주지 않는다고요. 내가 직접 나서서 물어봤는데도요." 레이첼이 폴 브룩스에게 말했다.

크라일 박사는 단도직입적으로 모든 걸 레이첼에게 고백했다. 그러자 레이첼은 그에게 편지를 썼다.

"제 정신 상태와 심리적인 안정을 고려하여 모든 것을 솔직하게 말씀해주신 점 고맙습니다. 모든 사실을 알고 나니 오히려 마음이 홀가분합니다. 선생님께서 말씀하신 사실이 모두 사실이 아니길 바라지만요."

레이첼은 워싱턴으로 가서 방사선 치료를 시작했다.

"시간의 소중함을 깊이 알겠어요. 짧으면 짧은 대로, 길면 긴 대로요. 그리고 기회가 된다면 더욱 긍정적으로 살고 싶어요. 다른 날로 미루지 말고요." 그녀는 도로시에게 편지를 보냈다. 레이첼은 로저에 대해 염려도 했다. "로저가 성년이 되기도 전에 또 마음의 상처를 받아야 한다면, 그러기 전에 그 아이와 함께할 시간을 많이 갖고 싶어요."

1961년을 시작하면서 레이첼의 운신 폭은 더욱 좁아졌다. 침대와 휠체어, 그리고 병원이 그녀 행동반경의 전부였다.

"어느 날 오후쯤 되자 이루 말할 수 없을 정도로 힘이 빠지고 병도 깊어졌어요…… 그 순간 내 인생이 다 타버려서, 이제는 아주 조그마한 불꽃만 해졌다는 느낌이 들었어요. 그 불꽃도 쉽사리 꺼져갈 것 같았지요." 레이첼이 말했다.

물론 3월까지 책을 완성하겠다던 그녀의 계획은 물거품이 되어버렸다.

레이첼은 어렴풋한 봄의 기운이 모두 소중하게 느껴졌다. 그녀의 뜰로 새들이 돌아왔고, 개구리가 개굴개굴 울기 시작했고, 땅에서는 꽃들이 화사하게 피어올랐다.

"자연의 순환과 리듬은 여전히 계속해서 진행되는구나." 레이첼이 말했다.

레이첼이 친구들에게 보낸 편지에는 로저의 얘기가 많았다. 로저의 학교생활이 어떤지, 로저가 감기에 걸린 얘기, 로저의 외로움과 장난스러운 행동 등을 적어 보냈다. 또 고양이 제피와 모펫의 괴기스러운 행동도 보탰다.

레이첼은 가능한 한 짬짬이 시간을 내어 글을 썼고, 완성하는 장별로 편집장인 폴 브룩스에게 보냈다. 그녀와 폴, 그리고 마조리는 계속해서 책의 제목을 놓고 씨름 중이었다. 그들은 '자연과 맞선 전쟁' '자연과의 전쟁' 두 개를 골라놓고 있었지만, 그 어느 것도 딱히 마음에 들지는 않았다. 마조리는 차라리 '카슨: 작품번호 4'로 하라고 농담을 던지기도 했다.

로저가 여름방학에 들어가자 밥 하인즈는 레이첼과 로저, 그리고 고양이들을 데리고 사우스포트의 별장으로 갔다. 그곳을 찾아오는 방문객은 철저히 통제되어 모처럼 여름을 편안하게 보냈다. 8월쯤 되자 책은 거의 완성단계에 이르렀다. 이제 교정 볼 일이 남아 있었다. 마리 로델은 다시 한번 '침묵의 봄'이 책 제목으로 어떠냐는 타진을 해왔다. 마리는 영국의 낭만파 시인 키츠의 시 「무자비한 미녀」를 보고 이 제목에 착안해냈다.

호숫가의 풀은 시들고
새들은 노래하지 않네.

레이첼도 이를 수긍하고 '침묵의 봄'으로 확정했다.

"현재 사용 중인 살충제가 아주 심각한 영향을 준다는 사실을 어려운 전문용어를 사용하지 않고 이해시킬 방법, 오류 없이 단순화시키는 방법 등을 찾아내는 건 늘 도전이었어요. 다소 기념비적인 균형을 맞추어야 했으니까요." 레이첼이 말했다.

레이첼은 전반적으로 생명체와 그들의 환경 사이에는 끊임없는 상호작용이 있다는 개념을 전달하려고 애썼다.

연구 활동은 방대했다. 레이첼은 이 엄청난 일을 건강이 안좋은 시기에 완성했다. 그녀의 마지막 과제는 첫 장 '내일을 위한 우화'를 쓰는 것이었다. 레이첼은 모든 생명체가 주위와 조화를 이루며 살아가던 미국 심장부의 한 마을 이야기를 썼다. 평화롭던 그 마을은 이상한 해충이 전역에 기어다니기 시작하면서 모든 것이 변화하기 시작했다. 죽음의 그림자가 동물에게는 물론이고 사람에게도 드리워졌다. 새들은 사라졌다. "봄이 찾아왔지만 새들은 지저귀지 않았다." 시냇물은 생명력을 잃었고, 길가에 핀 꽃은 시들었다. "이 무력한 마을에 새 생명의 탄생 소리는 들리지 않았다. 이 모두가 인간이 자초한 일이다." 레이첼은 이러한 재앙이 유독 이 마을에만 나타난 것은 아니라고 설명했다. 이런 현상 일부가 몇몇 마을에서 나타나고 있다고 했다. 주의하지 않는다면 이런 비극은 명백한 현실이 될 것이라고 경고한다.

1961년 말, 눈에 심각한 염증이 생긴 레이첼은 사실상 시각장애인과 다름없는 생활을 해야만 했다. 아마도 과도한 방사선 치료의 부작용인 듯했다.

"맞아요. 『침묵의 봄』을 쓰는 동안 사연이 참 많았어요. 일단 질병의 목록이 있죠! 미신을 믿는 사람이라면 책을 끝마치지 못하게 하려고 어떤 사악한 기운이 막고 있다고 믿었을 거예요." 레이첼이 도로시에게 전했다.

하루하루가 지날 때마다 레이첼은 더 큰 슬픔에 빠져들었다.

"이제 다소 목표를 어느 정도 이룬 것 같아요. 물론 완전히 만족하지는 않지만요. 그래서 이제껏 옆으로 치워놓았던 잡지사 청탁 글을 써볼까 해요. 그러고 나서는 다른 글도 쓰고 싶어요. 만일 제가 90세까지 살 수 있고, 그때까지도 뭔가 하고 싶은 말이 남아 있다면요."

"그녀가 수많은 고통과 마주하면서 이끌어낸 용기는 말로 표현할 수 없을 정도랍니다." 폴 브룩스가 말했다.

1월 말의 어느 월요일 밤 9시에 레이첼의 전화벨이 울렸다. 윌리엄 숀이었다.

"정말로 멋져요. 당신이 이 책을 아름다움과 사랑스러움, 그리고 깊은 감정으로 가득 찬 문학작품으로 승화했어요."

그의 이러한 반응에 레이첼은 세상을 다 얻은 기분이었다. 이례적으로 감상적인 편지를 도로시에게 썼다.

당신은 내가 숀의 평가를 얼마나 높이 평가하는지 알고 있을 거예요. 그의 반응을 알고 나니까, 갑자기 내 메시지가 독자에게 감명을 줄 것이라는 확신이 서네요. 로저가 잠들고서 제피를 데리고 서재로 가서 즐겨듣는 베토벤 바이올린 협주곡을 들었어요. 느닷없이 4년간의 긴장이 확 풀리면서 힘이 쭉 빠지는 느낌이 들었어요. 제피를 끌어안는데 눈물이 나더군요. 작지만 따뜻한 제피는 다 이해한다는 행동으로 나를 핥아주었어요. 우리가 지난여름에 만났을 때도 이와 비슷한 복받치는 감정을 당신에게 보인 적이 있었지요. 내가 온 힘을 기울이지 않는다면 다시는 개똥지빠귀 노랫소리를 들을 수 없을 거라고 말했을 때요. 그때도 이런 감정이었어요. 어젯밤에는 모든 새와 다른 생물들, 그리고 자연에 사는 사랑스러운 모든 걸 생각하니, 가슴 저 밑바닥에서 행복감이 한없이 밀려왔어요. 내가 할 수 있는 일은 다 했어요. 드디어 책이 나올 수 있게 되었으니까요. 이제 책은 내 손을 떠나 그 자체의 생명력을 얻게 되겠지요!

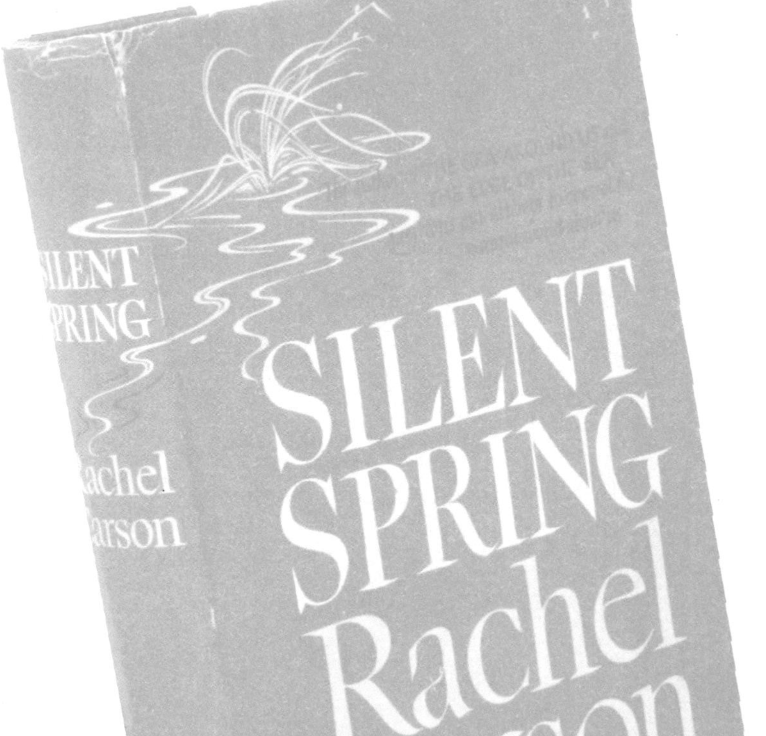
SILENT
SPRING
Rachel
Carson

12
『침묵의 봄』
세상을 뒤흔들다

"당신은 분명히 일부 사람들에게 조롱당하거나 비난받을 줄 알면서도 이런 주제를 다루었을 겁니다. 당신이 거론한 문제점이 살충제 제조 기업에서 압도적인 지지를 받은 사람들과 확신에 찬 해충 방역자들을 물러서게 하지 못할지도 모릅니다." 이전 동료가 레이첼에게 염려의 글을 보내왔다.

앞으로 맹공격이 있을 터인데, 이를 어떻게 준비해야 한단 말인가? 레이첼과 마리는 『침묵의 봄』을 공식적으로 출판하기에 앞서 견본 책을 저명하고 이번 일에 호의적인 사람들에게 미리 보내본다면 일부 비판의 글을 사전에 예방할 수 있을 거로 판단했다. 두 사람은 견본 책을 국회 직원들, 내각 관료들, 시민단체, 여성단체, 최고법원 판사 윌리엄 O. 더글러스, 그리고 백악관에 보냈다.

이런 일을 허둥지둥하는 동안 레이첼의 몸속에는 암이 퍼져 나갔다. 그녀는 계속해서 방사선 치료를 받는 중이었다.

"달력을 내가 수술하기 전인 2년 뒤로만 돌릴 수 있다면…… 그렇다면 다른 조처를 했을까요? 수술을 더 신중하게 선택했어야만 했을까요? 당시에는 수술을 고려하지 않을 수 없는 상황이었을 테니, 그런 가능성은 희박했겠죠. 그러니 이제 생각한들 다 소용없는 일일 겁니다." 당시 레이첼의 심리 상태는 상당히 변덕스러웠다. "사람이 아파지면 침착해진다거나 용감해지기는 어려운 듯해요." 레이첼은 도로시에게 편지를 썼다.

방사선 치료는 레이첼의 모든 것을 빼앗아갔다. 원고가 인쇄에 들어가자 레이첼은 가발을 맞추러 미용실을 찾았다. 약간 낯선 표정으로 한 손에는 핸드백을 든 레이첼이 도로시에게 말했다.

"운이 좋았어요. 갈색이 제일 싸더라고요. 흰머리는 더 비쌌거든요."

레이첼의 글을 3부작 시리즈로 신기로 한 〈뉴요커〉는 6월 16일에 그 첫 회를 내보냈다. 반응은 뜨거웠다. 엄청난 우편물이 〈뉴요커〉 사무실로 밀려들었다. 그중에는 비판적인 글도 일부 섞여 있었으나, 대부분은 열광적이었다. 〈뉴욕타임스〉 사설란에서는 레이첼이 "도저히 읽어줄 수 없는 이야기를 썼다"고 일축했다. 이 잡지는 이 글은 기우杞憂로 객관성이 빠져 있어, 아마도 레이첼이 소송을 당하리라고 예측했다. 하지만 〈뉴욕타임스〉의 편집자들은 "이렇게 강도 높은 부주의와 투쟁하려면"이라는 글귀에 주목했다. 집으로 안전하게 데려다 주는 운전자에 대해 이러쿵저러쿵하는 사람은 없기 때문이다. 게다가 레이첼 카슨이 살충제를 사용하면 안 된다고 울부짖을만한 이유는 없었다.

"그녀는 살충제의 오용과 남용에 대한 위험성을 경고한다. 대중은 정부의 실험결과에서도 유익한 것으로 나온 화학물질에 독성이 가득하다는 개념에 당황해 하고 있다."〈뉴욕타임스〉가 전했다.

레이첼은 마리와 로저, 고양이들, 그리고 수북이 쌓인 팬레터를 들고 별장으로 피신했다. 레이첼의 글이 〈뉴요커〉에 시리즈로 연재한 기간과 책이 출간되는 시기에는 몇 달간의 공백이 있었는데, 마리는 그 기간에 걱정으로 좌불안석이었다. 대중은 폭풍과도 같은 엄청난 소식에 흔들리는 듯했다. 그리고 신은 레이첼의 편이었다. 비록 사람들의 입방아에 오르내리는 대가를 치르긴 했지만.

책이 출간되기 두 달 전인 7월, 탈리도마이드 수면제 사건이 터졌다. 탈리도마이드는 독일과 영국, 캐나다 등지에서 수면제로 조제해 주는 약으로, 임산부에게도 안전하다고 했다.

그런데 FDA의 프랜시스 켈시 박사가 미국에서 이 약의 판매를 금지했다. 박사는 "약의 안전성"을 완전히 믿을 수 없다고 했다. 유럽과 캐나다 의사들은 이 약을 복용한 임산부에게서 기형아 출산이 놀라우리만큼 많았다고 보도했다. 탈리도마이드는 시장에서 사라졌지만, 이미 수천이나 되는 아기가 팔다리가 기형인 채로 태어난 후였다. 〈워싱턴 포스트〉는 1면에 'FDA의 영웅, 해로운 약을 시장에서 쫓아내다'라는 제목의 머리기사를 내놓았다. 케네디 대통령은 켈시 박사에게 뛰어난 업적을 치하하며 상을 내렸다.

몇 년 전에 크랜베리 공포와 마찬가지로 탈리도마이드 비극은 다시 한번 대중을 '임시방편적인 해결책'으로 위험에 빠트렸다. 어떤 기자가 레이첼에게 이와 관련해서 한마디 해달라는 청을 했다.

"크랜베리나 탈리도마이드나 살충제나 다 같은 경우입니다. 정부는 결과가 어떤지도 정확히 모르는 채 우리에게 자진해서 뛰어들어 새로운 걸 체험하라고 꼬드기죠." 레이첼이 말했다.

〈워싱턴 포스트〉기사가 나간 지 1주일 후에 〈뉴욕타임스〉에는 '『침묵의 봄』이 여름을 시끄럽게 달구고 있다'라는 머리기사가 실렸다. 이 기사는 3억 달러 살충제 산업을 맡은 제조회사들이 이 산업을 '형편없는 상업주의'라고 치부한 레이첼을 고소할 생각이라고 보도했다. 기사의 내용을 살펴보면, "무기력한 한여름이 1959년 크랜베리 공포 이후로 살충제 산업에서 큰 소동이 벌어져 별안간 활기를 띠고 있다." 화학물질 산업을 주도하는 대변인은 이 산업이 '잘못 인식되는 것'이 두렵다고 말하면서, 레이첼과 대응하는데 적어도 25만 달러를 소비할 계획이라고 밝혔다. 〈뉴욕타임스〉 기사는 살충제 산업 팀은 기나긴 전투를 준비 중이며, 『침묵의 봄』은 이번 여름을 후끈 달구었을 뿐만 아니라 떠들썩한 가을의 전조가 되고 있다며 기사를 마무리 지었다.

살충제 제조회사들 측의 변호사들은 〈뉴요커〉에 전화를 걸어왔다. 그들은 이번 연재물을 1회에서 끝내달라고 요구하면서, 그렇지 않으면 소송이 뒤따를 것이라는 퉁명스러운 협박을 해대 이번 소동에 한몫 더했다.

"이 연재물의 내용은 모두 검증된 것으로, 사실이요. 그러니 마음대로 해보시오." 〈뉴요커〉 측의 변호사도 미리 준비한 협박으로 이에 응했다.

〈뉴요커〉가 겁을 집어먹지 않자, 살충제 제조회사인 벨시콜 화학회사 측의 변호사는 〈휴턴 미플린〉 출판사에 『침묵의 봄』이 서구 자본주의를 파멸시키려는 좌파의 음모라는 내용의 편지를 보냈다. 변호사는 이 책이 출간된다면 벨시콜 회사 측에서는 소송을 불사하겠다고 으름장을 놓았다.

출판사 측의 변호사들은 신경이 예민해졌다. 레이첼은 소송이 두려웠다. 소송이 걸린다면, 승소를 한다고 해도 그 과정상 엄청난 비용이 들 것은 뻔했고, 그렇게 되면 그녀의 재정이 바닥나는 건 시간문제였다. 하지만 레이첼은 자신이 제시한 사실을 굳게 믿었다. 살충제 산업에 종사하는 사람 중에 일부는 레이첼의 의견에 동의했다.

"미스 카슨이 제시한 것은 대부분 매우 예리한 지적이다. 하지만 공인된 결론이 아니고 살충제의 이점은 완전히 배제했다." 한 비평가가 〈뉴욕타임스〉북리뷰에서 인용했다. 그 근거를 옳다고 인정한다면 그것으로 소송을 걸기는 어려운 일이다. 결국에는 벨시콜이나 다른 어떤 화학회사들도 레이첼과 〈휴턴 미플린〉, 〈뉴요커〉 등을 상대로 소송을 걸지는 못했다.

책이 출간될 9월이 되자 레이첼과 『침묵의 봄』에 대한 공격이 절정을 이루었다. 그렇다면 비평가들을 그토록 격분하게 한 이 책의 내용이 무엇일까?

레이첼은 생명이 메마른 불모지 마을에 대한 우화로 책을 열었다. 이 이야기는 상상력을 자극했고, 시詩와 같았지만, 문제의 중심부를 단도직입적으로 파고들었다. 그런 다음 레이첼은 "지구의 역사는 생명체와 그 주위 것의 상호작용 역사이다."라는 생태학적인 전제를 제시했다. 모든 것은 이것의 이해로부터 시작한다. 환경의 한 귀퉁이로 화학 독성물이

유입된다는 건 나머지도 다 오염된다는 걸 의미한다. "대중은 현재 상태가 계속되기를 바라는지 아닌지를 분명히 결정해야만 한다. 아니면 이 사실이 완전히 밝혀질 때까지 기다리던지."

전국에서는 '해충'을 죽이는 살포가 시행되고 있지만, 살충제의 성분에 대해 아는 사람은 거의 없었다. 레이첼은 살충제의 진화에 대해 설명했고, 그것들이 어떤 방식으로 먹이사슬에 침투해, 인간의 몸속으로 파고드는지를 묘사했다. DDT보다 독성이 훨씬 더 강한 일부 제품이 슈퍼마켓에서 가정용품으로 팔려나가고 있었다.

레이첼은 호수와 강, 바다가 오염되었다는 내용과 물속에 사는 생물들이 죽어가고 있다는 내용을 실었다. 그저 곤충 한 종류를 죽이려고 살충제를 대량으로 뿌려서 수많은 생물이 죽음을 맞이하는 장면에 삽화를 넣어, 그 효과를 더했다. 되풀이해서 레이첼은 자연계에 아무것도 남지 않은 모습을 보여주었다. 1955년에 느릅나무 딱정벌레와 매미나방, 그리고 모기를 죽이려고 살충제를 대량 살포했는데, 그 장소인 학교 운동장에는 아주 끔찍한 문제가 발생했다.

"학교 캠퍼스는 봄에 집을 지으려는 유럽울새들에게 무덤과도 같은 장소가 되어버렸어요." 미시간 주립대학의 한 교수가 말했다.

　레이첼이 의문을 던졌다. "도대체 누가 이 독극물 사슬을 추진하라고 결정했던 말인가? 고요한 연못에 누군가가 조약돌을 하나 던졌을 때 이는 잔물결처럼 쭉 퍼져 나가는 죽음의 그림자를 어찌한단 말인가?…… 올바르게 결정할 사람은 아무도 없단 말인가?" 더러는 살충제를 사용할 수 있다는 것도 인정했다. "하지만 우리는 사려 깊게 행동해야만 한다. 우리의 행동이 저 먼 미래에 어떤 결과를 가져올지 명확히 이해해야 한다. 식물을 죽이는 화학물질이 날개돋친 듯이 팔리며 사용량이 방대해진 요즘 인간에게 '무해'한 사업을 한시바삐 시행하는 데 겸손이란 있을 수 없다.

　'인간의 희생'이라는 주제는 여러 장에 걸쳐서 상세하게 다루어졌다. 우연한 기회에 유독물질에 과다노출되면 아주 치명적이다. 하지만 우리는 오랜 기간에 걸쳐서 인간의 몸에 유독물질이 서서히 축적되어 나타날 결과에 대해서는 아직 모르고 있다고 지적했다. 레이첼은 화학물질 산업에 관여하지 않은 과학자들의 연구 내용을 소개했다. 그들은 살충제 노출로 말미암은 암과 세포질과 유전적인 돌연변이의 가능성에 대해서 거론했다.

　『침묵의 봄』은 '다른 방안'이라는 마지막 장에서 대안을 제시하면서 긍정적인 논조로 끝을 맺었다. 레이첼은 인간에게 해가 되는 곤충을 처치할 자연적인 방법을 모색하는 생물학적인 통제에 대해서 이야기했다. 한 가지 유망한 방법은 이런 곤충의 수컷을 불임으로 만들고서 교미하도록 풀어주자는 것이다. 그렇게 되면 재생산을 막을 수 있다고 했다. 다른 방법으로는 천적을 만들어 문제를 제거하자고 했다. 이 책의 마지막 단락은 다음과 같다.

'자연의 통제'라는 글귀는 오만이 담긴 구절이다. 생물학과 철학이 동시에 나타나기 시작한 네안데르탈인 시절부터 자연은 인간의 편리함을 위해 존재해왔다. 곤충학이라는 개념이 나오고 적용된 것은 석기시대로 거슬러 올라간다. 매우 원시적인 과학이 가장 현대적인 과학에 경종을 울리고 있다는 건 심상찮은 기운이다. 곤충에게 등을 돌리는 것은 지구에 등을 돌리는 것과 마찬가지다.

화학산업체와 일부 정부 대리인에 의해 발족한 공격의 형태는 몇 가지로 나누어졌다. 레이첼은 캣버드(개똥지빠귀의 일종으로 고양이 울음소리를 냄–옮긴이)라느니, 낚시광이라는 둥, 건강식품 중독자라는 둥 온갖 소문이 난무했다. 화학산업 대표자들은 화학제품에는 전혀 문제가 없다고 우겨댔고, DDT의 가장 큰 제조업체인 모트로즈 화학회사의 대표는 레이첼을 공격하고 나섰다. 그 대표는 레이첼이 자연의 균형을 너무 신봉한 나머지 과학자로서의 신분이 아닌 광신자가 되었다고 비난했다. 연방해충퇴치팀은 레이첼더러 노처녀인 주제에 왜 그리도 유전에 대해서 걱정하는지 모르겠다고 코웃음을 쳤다. 전임 농무부 장관인 에즈라 태프트 벤슨은 아이젠하워 대통령에게 편지를 보내 레이첼이 아마도 '공산주의자'인 것 같다는 의견을 피력했고, 이를 지지하는 사람들도 많았다. 레이첼을 좌익으로 몰아가는 사람이 유독 벤슨만은 아니었다. 어느 비평가는 〈뉴요커〉에 다음과 같은 편지를 보내왔다.

미스 레이첼 카슨이 살충제 제조회사들을 이기적이라고 몰아세우는 심산은 요즘 작가들에게 만연하는 공산주의 성향을 반영하고 있습니다. 당연히 우리는 새와 동물 없이 살아갈 수 없지만, 요즘 시장의 불황에서도 보았듯이 기업 없이도 살아갈 수 없습니다.

곤충에 대해 말해보자면, 겨우 곤충 몇 마리가 죽었다고 벌벌떨며 수선을 피우는 여성에게 우리가 동조해서야 되겠습니까? 수소폭탄이 있는 한 모든 것이 다 만사형통일 것입니다.

〈추신: 아마도 미스 카슨은 평화 광신도 같습니다.〉

레이첼이 미혼이라는 사실이 계속 반복적으로 제기되었다. 〈볼티모어 선〉 기자는 레이첼에게 결혼 안 한 이유를 물었다.

"시간이 없어서요." 레이첼이 대답했다. 그리고는 덧붙였다. "더러는 결혼한 남자 작가들이 부럽기도 해요. 그들에겐 아내가 있어 돌봐주니까요. 밥도 해주고, 불필요한 방해도 받지 않아 시간도 절약할 수 있잖아요."

사람들은 레이첼에 대해 주로 개인사를 많이 거론했다. 예를 들면 그녀는 몸집이 작고 아담하다든지, 부드러운 음성을 지닌 노처녀라든지. 대조적으로 살충제 제조회사와 관련된 과학자들은 레이첼을 '아무개 박사'나 '이러이러한 사람' 등으로 표현했다.

〈라이프〉 잡지는 '부드러운 폭풍우가 몰아치다'라는 제목의 기사를 첫 페이지에 내보냈다. "수줍음을 많이 타고 부드러운 음성을 지닌 이 여성에게 개혁운동가라는 배역은 어울리지 않는 것 같다"라고 묘사했다. 외모만으로는 레이첼의 본질을 볼 수 없었다. 그랬다. 레이첼은 큰 목소리를 내지 않는 여성이었지만, 일단 마음만 품으면 과학자와 작가라는 이점을 모두 이용할 줄 아는 사람이었다. 레이첼은 정부와 과학 분야, 그리고 출판사와 직접 접촉해서 자신의 뜻을 분명히 밝혔다. 훗날에 레이첼은 청문회에 나가서 증언도 했다. 한 역사가는 다음과 같이 적었다.

그날 아침에 레이첼 카슨의 증언을 들은 사람들은 증인석에 앉아서 부끄럼을 타 말수가 적은 여성이 아닌 화학살충제 전문가이자 빼어난 작가를 보았다. 그리고 일반적인 시민으로는 얻기 어려운 기회를 십분 이용해, 자신의 견해를 확실히 밝혔다. 증언에는 그녀의 시각이 확연히 묻어났다.

레이첼은 '이달의 책'에 『침묵의 봄』이 10월의 책으로 선정되었다는 소식을 듣고 기쁨을 감추지 못했다.

"이달의 책에 선정되면 전국적으로 퍼져 나가게 되죠. 심지어 서점이 어떻게 생겼는지조차 모르는 농민과 촌락에까지 책이 전달되니까요. 〈뉴요커〉보다 훨씬 더 큰 효과가 있는 셈이죠. 그러니 아주 잘되었어요. 참으로 가슴이 벅찬 밤이네요." 레이첼이 말했다.

『침묵의 봄』이 나올 때까지만 해도 일반 대중은 소위 독립 연구를 하는 과학자들이 화학회사에 고용된 줄도, 또 화학회사 출신인 정부대리인들이 그들과 연결된 줄은 까맣게 모르고 있었다.

"돈줄을 따라간겁니다." 기자들이 부정을 폭로했다.

레이첼은 이것을 정확히 알고 있었다.

"요즘 살충제 논쟁에 대해 들어보았다면, 여러분은 누가 그런 얘기를 하는지, 왜 그러는지를 스스로 물어보길 바랍니다.” 레이첼이 가든 클럽에서 강연했다.

비평가들은 살충제가 위험성도 있지만, 그래도 이로운 점이 훨씬 더 많다고 레이첼의 비판을 일축했다. 살충제는 해로운 곤충들과 다른 벌레, 그리고 일부 질병까지도 해결해준다고 했다. 더욱이 살충제가 없다면 식품생산은 현저하게 줄어들 것이고, 그렇게 되면 사람들은 굶어죽고 말 것이라고 했다. 비평가들은 〈타임〉의 보도를 인용하면서, 레이첼의 글 솜씨는 인정하지만 “학식이 많은 사람은 『침묵의 봄』이 부당하고, 한쪽으로만 치우쳐 있고, 지나치게 강조되어 있다”고 했다. 그리고 〈타임〉도 “무시무시한 개념이 넘쳐나고 있지만, 분명히 근거가 빈약하다”고 전했다.

끝으로 비평가들은 “과학자들에게 도전장을 내민 이 작가는 도대체 누구인가?”라고 반문했다. 레이첼은 전문적으로 훈련된 과학자가 아니기에 바다에 대한 시나 쓰는 것이 옳다고 했다. 이에 대해 『침묵의 봄』 편집자인 폴 브룩스가 비평가들을 비웃으며 대꾸했다.

그들은 지옥에 삿갓조개와 고래기름 램프로 치장한 특별좌석을 미리 예약해 놓은 것이 틀림없다. 램프 아래에서 그들은 강제로 『침묵의 봄』을 읽는 벌을 받게 될 것이다.

E. B. 화이트가 책머리에 자신의 말을 인용해 주어 고맙다는 편지를 보내왔다. 화이트는 『침묵의 봄』이 『톰 아저씨의 오두막』만큼 획기적인 책이 될 것이라 했다. 케네디 대통령은 백악관에서 연설 도중에 공공연히 『침묵의 봄』의 중요성을 인정했다. 그 후로 정부대변인이 살충제의 위험 여부를 조사할지를 묻자 대통령은 대답했다.

"미스 카슨의 책을 보니…… 문제를 조사해봐야겠군요."

다음날 행정부는 특별대통령위원회가 살충 프로그램을 검토하겠다는 공식성명을 발표했다. 레이첼은 위원회 앞에서 증언하도록 초대받았다.

대통령과학자문위원회에 참석한 레이첼(맨 왼쪽, 1963년)

살충제 산업분쟁이 본격적으로 시작되었다. 엄격한 단속을 우려한 정부는 맹공격을 퍼부었다. 화학회사 연합은 '레이첼 카슨에게 대처하는 법'이라는 팸플릿을 만들어 배포하기까지 했다. 몬샌토 회사는 레이첼의 우화를 패러디한 살충제가 없는 세상의 공포를 묘사한 '황량한 계절'을 배포하면서 독자적인 홍보까지 나섰다.

한편, 살충제 제조업체에서 연구보조금을 받은 대학 측의 과학자들도 방어에 나섰다. 하버드 의과대학의 한 박사는 레이첼이 감정에만 호소하고 있다고 비난했다. 그는 정신분석학적인 접근법으로 레이첼의 주장은 '허튼소리'라고 일축해 버렸다. 밴더빌트 의과대학의 학장은 '입을 닥쳐라, 미스 카슨'이라는 비평의 글을 실었다. 또 다른 의사는 이 책을 비과학적이라 칭했고, "정신적인 충격을 받으며 『침묵의 봄』을 읽고 또 읽었지만, 있을 수 없는 일"이라고 평했다.

반면에 국립암협회의 한 의사는 레이첼을 "뚜렷하게 많은 것을 아는 과학자"라고 칭했다. 박사는 레이첼이 욕설과 비난의 폭풍우를 맞으면서도 이에 맞서 꿋꿋함을 보이고 있는데, 이는 레이첼이 내놓은 과학적 사실이 정당하고, 자신의 해석이 타당하기 때문이라고 했다.

사생활을 소중히 여긴 레이첼에게 이런 유명세는 아주 크나큰 중압감으로 다가왔다.

"아직은 변장까지 할 정도는 아니야. 하지만 아무도 모르는 전화번호로 바꿔야겠어. 이런 식으로 아무리 신중을 기해도 언론의 시달림에서 자유로워지기는 어려울 것 같아." 레이첼은 사우스포트 별장에서 셜리 브리그스에게 편지를 썼다.

『침묵의 봄』은 아주 많은 만화를 양산해냈다. 그중 하나를 보면, 정원용품 가게에 들른 여성이 영업사원에게 "레이첼 카슨이 사지 않는 제품은 나도 안 사요"라고 말하는 장면이 있다. 또 다른 만화를 들여다보면, 두 남자가 거리에 멈추어 서서 죽은 개를 바라다보고 있다. 한 사람이 또 다른 사람에게 "이 개는 고양이를 먹고 죽었는데, 그 고양이는 잭이 뿌린 곡식을 먹은 쥐를 먹었다는데"라고 말했다. 또 다른 것에서는, 바에서 한 남자가 바텐더에게 "이제 겨우 방사능 후유증에 적응했는데, 이번에는 레이첼 카슨이야?"라고 말하는 장면이 그려졌다. 게다가 찰스 슐츠는 그의 연재만화 「피너츠」에 레이첼을 주제로 한 만화를 세 번이나 실었다.

전국여성언론인클럽 강연에서 레이첼은 어느 신문기사의 내용을 언급하면서 입을 열었다.

"오늘 오후에 『침묵의 봄』 기사가 펜실베이니아 주 베들렘의 〈글러브 타임스〉에 실렸습니다. 그 기자는 『침묵의 봄』에 대한 부정적인 반응을 묘사했더군요. 그곳 두 카운티의 농업국에는 제 책을 읽은 사람이 한 사람도 없는데도, 그들은 모두 발 벗고『침묵의 봄』을 비난한다고 합니다."

수많은 미국인이『침묵의 봄』을 읽었다.

"『침묵의 봄』이『우리를 둘러싼 바다』만큼 베스트셀러가 되지는 못할 거예요. 그렇지만 그 효력은 전국적인 경제와 참살이를 훨씬 더 중요하게 할 겁니다." 일전에 레이첼의 동료가 예상했다.

그의 말이 틀리기도 했지만, 맞기도 했다. 『침묵의 봄』은 〈뉴욕타임스〉 베스트셀러 목록에 1962년 크리스마스 전까지 올라가 있었다. 당시 이 책은 무려 일주일에 10만 6천부가 팔려나갔다. 그리고 오늘날 많은 사람이 계속해서 참여하는 환경운동을 촉발시킨 계기가 되었다.

『침묵의 봄』은 또한 국제적인 베스트셀러가 되었다. 출간한 지 1년 만에 폭풍우와 같은 관심을 불러일으켰다.

"폴리네시아 식인종 추장은 자기네 부족은 더는 미국인을 먹지 않겠다고 공표했습니다. 그것은 미국인의 지방이 유독물질로 오염되어 있기 때문입니다. 숫자상으로 보면 우리 영국인이 미국인보다 더 먹을 만하죠…… 우리 몸속에는 백만분의 1정도의 DDT가 축적됐지만, 미국인의 몸속에는 대략 백만분의 11정도가 쌓여 있다는군요." 영국의 상원의원이 말했다.

암과 투병 중이라 자주 엄청난 고통에 시달리는 레이첼은 어지간한 모임 초청은 대부분 거절했다. 그렇지만 CBS 방송국의 촬영요청은 수락했다. CBS의 연출가와 작가는 메릴랜드 주 사우스포트와 워싱턴 D.C.에서 레이첼을 인터뷰했다. 1963년 4월 3일에 CBS는 「레이첼 카슨의 침묵의 봄」이라는 제목으로 방송을 내보냈다. 프로그램은 이렇게 시작한다.

"레이첼 카슨이 쓴 글은 전국적인 분쟁을 야기했다."

CBS 리포트 측은 적어도 여섯 명이 넘는 정부관료들과 살충제 제조회사들의 간부를 취재했다. 레이첼은 책을 읽어달라는 초청을 받았다. 레이첼은 촬영 내내 아파서 고통스러웠기에 기진맥진했다.

"완전히 바보천치 같다는 소리나 듣지 않았으면 좋겠어요." TV 화면에 초췌하게 나올 것이라 지레 겁먹은 레이첼이 도로시에게 편지를 썼다.

하지만 그런 걱정은 기우에 지나지 않았다. 브라운관에 레이첼은 침착하고 사려 깊고 조리 있게 나왔다.

레이첼은 그저 살충제의 오용만을 비난하지는 않았다. 그녀는 '모든 문제는 첨단 기술이 해결해 줄 것이고, 요즘은 과학자가 신과 같은 존재다' 라는 믿음에 도전했다. 이 책을 읽지 않은 수많은 사람은 TV를 통해서 레이첼의 주장을 보고들을 기회가 생겼다. 그들은 방송을 보고 큰 충격에 휩싸였다. 이 TV 프로그램은 대중이 정부와 화학회사들에게 등을 돌리는 계기가 되었다.

방송이 나간 다음 날 에이브러햄 리비코프 상원의원은 화학물질이 환경에 미치는 위험을 의회에서 검토하겠다고 발표했다.

1963년 5월 15일에 살충제를 조사하는 대통령특별위원회는 그동안의 조사결과를 발표했다. 위원회는 대체로 레이첼의 요구를 받아들였고, 그녀의 주장이 옳다는 것을 입증했다. CBS는 이런 판정에 대한 후속 프로그램을 내보냈고, 레이첼은 자신의 '정당성'을 인정받은 느낌이라고 했다.

"미스 카슨에게는 꼭 이루고 싶은 한두 가지 목표가 있었습니다. 하나는 대중에게 경각심을 불러일으키는 것이고, 두 번째 것은 정부에 불을 지피는 것이었습니다. 미스 카슨은 첫 번째 목표는 몇 달 전에 이루었습니다. 오늘 밤에 대통령위원회의 발표를 보면, 그녀가 두 번째 것도 명백하게 완수했음을 알 수 있습니다." CBS 후속 프로그램은 이렇게 결론을 맺었다.

메인 해안의 레이첼

에필로그

1963년 여름, 레이첼은 마지막으로 사우스포트의 별장으로 갔다. 어느 날 아침 레이첼과 도로시는 벤치에 앉아서 바다를 바라보았다. 그날 늦게 레이첼은 도로시에게 편지를 썼다. 레이첼에게는 말로 하는 것보다 종이에 글을 쓰는게 더 쉬운 일이었다.

무엇보다도 그 제왕나비들을 못 잊을 것 같아요. 어떤 보이지 않는 힘에 이끌려서 서쪽으로 한가로이 날갯짓을 하던 모습 말이에요. 우리는 그들의 이주와 생애에 대해서 잠시 이야기를 나누었지요. 그들이 돌아올까요? 우리는 아닐 거로 생각했죠. 대부분 이것이 그들의 생애 주기를 마감하는 여정이니까요.

하지만 문득 생각해보니, 참으로 행복한 광경이었다는 생각이 들어요. 그들이 돌아오지 않을 거라는 사실을 얘기했을 때에도 우리는 전혀 슬픔을 느끼지 않았잖아요. 어떤 생명체가 삶의 마지막 주기에 이르게 되면, 우리는 그 종말을 당연하게 받아들이죠.

제왕나비의 경우를 보면, 생의 마지막은 그 수명이 몇 달이라고 알려진 것에서 추정할 수 있죠. 하지만 우리는 좀 다르죠. 수명을 예측할 수 없으니까요. 그래도 생각은 다 같을 거예요. 도통 감지할 수 없는 삶의 주기가 그 과정을 다하면, 삶이 끝난다는 것은 당연하고, 불행한 일도 아니라는 생각 말이에요.

이것이 바로 오늘 아침에 즐겁게 퍼덕거리는 생명체에게 배운 거랍니다. 그 속에서 아주 진한 행복감을 맛보았어요. 바라건대, 님도 그랬기를.

레이첼의 암은 계속해서 퍼져 나갔다. 생애 마지막에 다다를수록 레이첼은 더 많은 상과 메달을 탔고, 국내뿐 아니라 외국에서도 강연해달라는 초청이 물밀듯 밀려왔다.

"참 아이러니한 게 많아요. 내가 다른 사람이 주는 '영예'를 이렇게 많이 누리다니요."

레이첼은 환경을 주제로 한 중요한 회의에서 강연요청을 받아 캘리포니아로 떠났다. 마리 로델이 동행했고, 진 데이비스가 로저를 돌봐주기로 했다. 레이첼은 휠체어를 타고 연단에 올라갔다. 강연에서 오염은 단순히 과학 문제가 아니라 도덕성의 문제라고 단언했다.

우리는 후손에게 무엇을 남겨줄 것인가?

레이첼에게는 가슴을 짓누르는 걱정스러운 문제가 하나 있었다. 이제 겨우 열한 살된 사랑하는 로저를 어떻게 해야 한단 말인가? 그 아이는 곧 입양해준 엄마를 잃을 처지였다. 9월에 레이첼의 사랑하는 고양이 모펫이 죽었다. 12월 중순경에 또 다른 고양이 제피도 세상을 떠났다.

"12월에 클리블랜드를 떠나 처음으로 제 상황을 인식한 지정확히 3년간이나 로저와 고양이를 걱정했어요…… 제피가 먼저 가게 된 것이 여간 다행히 아니에요…… 나보다 오래 살게 되면, 그런 상황은 제피에게는 끔찍하고 두려운 일일 테니까요. 이제 걱정이 하나 사라졌어요." 레이첼이 도로시에게 편지를 보냈다.

로저를 누가 돌봐야 할지는 여전히 고통스러운 문제였다. 돈이 문제가 아니었다. 그를 위해 충분한 액수를 신탁을 걸어놓을 테니까. 죽음을 맞이하기 두 달 전에 레이첼은 유언장에 로저의 후견인 명단에 후보를 추가했다. 그들은 도로시의 아들 부부와 폴 브룩스 부부였다. 레이첼은 그들이 로저와 연령대가 비슷한 아이들이 있기에 그 아이들과 잘 어울리도록 로저에게 애정을 주며 돌봐줄 것이기 때문이라고 그 이유를 밝혔다. 레이첼은 적어도 그 두 부부 중 한 부부라도 로저를 돌봐주리라 믿었다. 아마도 그들이 이런 청을 거절할 것이 두려워서 직접적으로 이들에게 말하지는 못했다. 그녀가 세상을 떠나고 로저는 폴 브룩스 부부의 품에서 살게 되었다.

2월 중순부터 레이첼은 감당할 수 없는 메스꺼움에 시달렸다. 의사들도 별반 도움이 되지 못했다. 메스꺼움과 통증에 시달리면서도 레이첼은 살충제 문제를 손에서 놓지 못했다.

1964년 4월 14일, 오후 늦게 레이첼은 심장마비를 일으켰고, 저녁나절에 숨을 거두었다.

지난날 특별조사대를 이끌며 살충제의 위험을 조사한 리비코프 상원의원은 그날의 청문회를 이런 말과 함께 시작했다.

"오늘 우리는 위대한 여성의 죽음을 애도합니다. 우리는 모두 그녀에게 빚이 있습니다."

『침묵의 봄』이 처음 출간된 지 거의 50년이 지났다. 이 책은 지금도 영향력이 큰 책 중 하나다. 레이첼 카슨은 환경문제에 주목을 이끌어 냈고, 대중은 이에 화답했다. 레이첼로 말미암아 이전 환경법은 개선되었고, 새로운 조항이 추가되었다. 1969년에 국회에서 연방환경정책법이 제정되었다. 이 법안은 도로와 댐 산업, 숲의 개간, 습지대 배수 공사와 같은 계획을 진행할 때마다 환경적인 영향을 고려하는 것이다. 또한 국회는 대기오염방지법과 수질오염방지법을 필두로 연방살충제, 살균제, 쥐약법, 안전한 식수법, 환경살충제단속법 등을 통과시켰다. 그 후로도 주 차원에서 훨씬 더 많은 환경관련법

이 통과되었다. 1970년에 닉슨 대통령은 대통령령으로 환경
보호청EPA을 신설해 환경보호와 관련된 모든 활동을 하나의
관청에서 통제하도록 했다. 이 웹사이트에서 환경보호청은
『침묵의 봄』을 다음과 같이 묘사했다.

무차별적인 살충제 사용에 대한 레이첼의 공격은 철저한 조사
를 거쳐, 정확하게 사리에 맞았으며 아름답게 쓰였다……『침
묵의 봄』은 환경 분야에서 『톰 아저씨의 오두막』이 노예철폐
운동을 촉구한 것과 같은 역할을 했다. 사실 요즘 환경보호청
은 레이첼 카슨의 제2의 그림자란 말을 들어도 과언이 아니다.

1972년에 DDT는 미국에서 사용이 대부분 금지되었다. 이
런 금지령이 내린 10년도 안 되어 환경보호청은 이렇게 보도
했다.

흰머리 독수리, 갈색 펠리컨, 물수리, 송골매 같은 희귀 새가
점점 늘어나고 있다. 그들이 다시 돌아온 주요한 이유는 DDT
살충제를 금지했기 때문이다…… 미국 어류&야생동물보호국
연구원들은 DDT에서 파생된 DDE가 조류 숫자 감소의 주요
한 원인이 알껍데기를 얇게 한다는 증거를 내놨다.

지금 21세기에는 지구온난화, 열대우림의 파괴, 인구과잉, 천연자원의 고갈 등과 같은 환경문제가 갈수록 기승을 부리고 있다. 그리고 여전히 살충제는 문제로 남아 있다. 화학적인 오염이나 환경의 중요성에 대한 경고 없이 지나가는 날이 단 하루도 없다. 2006년에 토지관리국은 17개 주에 걸쳐서 대략 932,000에이커에 잡초를 죽이는 살충제를 대량으로 살포할 계획을 발표했다. 그렇지만 레이첼 카슨과 그녀에게 영향을 받은 환경운동 탓에 대중은 1962년 시절보다는 더 많은 것을 알고 있었다. 환경단체는 황급히 이에 반응했다. 그들은 국회를 압박할 대중의 지지를 동원했고, 정부에 도전할 소송을 준비했다. 새로운 세대의 손으로 넘어간 이 전투는 예전에도 그랬던 것만큼 요즘에도 절박하다.

처음부터 시종일관 레이첼은 자연계를 찬미하는 책을 써왔지만 그중에서도 『침묵의 봄』은 레이첼이 믿었던 그 모든 진실이었다. 레이첼은 자연을 보존해서 자신이 그토록 격렬하게 느꼈던 경이로움을 후손과 나누고 싶었기에 생태학적인 죽음과 파괴를 경고하고 나섰다.

『침묵의 봄』의 편집자 폴 브룩스는 레이첼과 오랫동안 우정을 이어오면서 가장 뜻깊은 순간은 사우스포트의 어느 날 밤이었다고 했다. 그때 레이첼은 『바닷가 가장자리』를 작업 중이었는데, 두 사람은 망원경으로 꼬물거리는 해양생물을 한

참 관찰하며 시간을 보냈다. 그렇게 긴 시간이 흐르고 드디어 두 사람은 일을 마쳤다.

그러고 나서 손에 들통과 손전등을 들고 레이첼은 조심스럽게 해초로 뒤덮인 바위를 넘어 생물들을 서식지로 돌려보냈다. 그때 나는 이런 행위가 바로 앨버트 슈바이처가 말한 '생명의 존엄성'이라고 생각했다. 이런 의식은 어떤 형태로든 레이첼이 저술한 책 어디에나 녹아들어 있다.

🌿 감사의 글

다음 자료를 인용하도록 허락해준 분들에게 고마움을 표현합니다. 마샤 프리먼이 편집한 *Always, Rachel: The Letters of Rachel Carson and Dorothy Freeman*(1995년 비콘출판사)에 수록된 레이첼 카슨에 관한 자료, 폴 브룩스의 *The House of Life: Rachel Carson at Work*(1972년 휴턴 미플린출판사), 린다 리어가 편집한 *Lost Woods: The Discovered Writing of Rachel Carson*(1988년 비콘출판사), 린다 리어의 *Rachel Carson: Witness for Nature*(1997년 헨리 홀트출판사), 레이첼 카슨의 작품 『바다의 가장자리에서』 『우리를 둘러싼 바다』 『침묵의 봄』 『바닷바람 아래서』. 그리고 널리 알려지지 않은 코네티컷 대학의 Lear/Carson Collection과 채탐대학의 Rachal Carson Collection의 자료는 수탁인 프랜시스 콜린의 허락 하에 재발행 되었습니다(reprinted by permission of Frances Collin, Trustee). 그 외에도 다른 자료들은 폴 브룩스의 *The House of Life*(1972년 휴턴 미플린출판사), 코네티컷 대학의 Lear/Carson Collection

과 펜실베이니아 피츠버그 채탐대학의 레이첼 카슨 콜렉션의 허락으로 재발행 되었습니다.

이번 작업을 하면서 나는 트레시 게이츠에게 가장 큰 신세를 졌습니다. 그녀는 혼신을 다해 열정적으로 이 책을 편집해 주었습니다. 더불어 편집부원들과 디자이너, 바이킹 출판사의 모든 직원의 도움에도 고마움을 표현합니다. 이 프로젝트를 같이 시작한 질 데이비스에게도 특별한 감사의 말을 전합니다.

다음에 열거하는 분들에게도 은혜를 입었습니다. 제이 비앙카, 미리암 코헨, 아론 콜란젤로(NRDC), 프랜시스 콜린(Frances Collin Literary Agent, 수탁인), 페그 컬버, 앤 다이아몬드, 닥터 스탠리 프리먼, 주디스 홀(CBS), 루스 이이네, 닥터 다이아나 포스트(Rachel Carson Council), 피터 소서, 닥터 일마 스미스(채탐대학), 제인 스피나크(컬럼비아 법학부), 사라 야크(Frances Collin Literary Agency), 론다 이거(채탐대학), 그리고 뉴욕작가협회와 버몬트대학의 절친한 친구들의 주저없는 지원에 고개 숙여 감사합니다. 특히 린다 리어(조지워싱턴대학의 환경역사 교수) 박사와 로리 드레디타(코네티컷대학의 큐레이터)에게 아낌없이 지원해준 것에 고마움을 전합니다.

🌿 참고자료

이 책에 기술한 많은 것들 중에는 레이첼 카슨의 사진집과 전기물, 그리고 학술서적에서 발췌한 것이 많다. 모두 낱낱이 열거할 수는 없지만, 그중에서도 내게 아주 유익한 정보를 준 것들, 레이첼 카슨이 좋아한 책들, 그리고 마지막으로 레이첼의 자연계를 잠시라도 경험해볼 수 있는 것들로 모아보았다.

Berrill, N.J., and Jaccquelyn Berrill. *1001 Questions Answered About the Seashore*. New York: Dover, 1976. 표지에 해안(조수, 해초 등)과 바다생물(오징어, 바다거미 등)을 다루었다.

Beston, Henry. *The Outermost House: A Year of Life on the Great Beach of Cape Cod*(1924). New York: Henry Holt and Co., 1949. 레이첼이 좋아한 책으로, 베스턴이 바다와 하늘의 리듬을 느끼며 자그마한 오두막에서 홀로 1년을 보냈다.

Brooks, Paul. The House of Life: Rachel Carson at Work. Boston: Houghton Mifflin, 1972. 레이첼 카슨의 삶을 그린 멋진 전기로, 카슨의 작품이 풍부하게 실려 있다.

Carson, Rachel. *The Edge of the Sea*. Boston: Houghton Mifflin Co., 1955.

_____. *Lost Woods: The Discovered Writing of Rachel Carson*. Linda Lear, ed. Boston: Beacon Press, 1988. 이 작품은 어린 시절의 글, 에세이, 편지, 담화, 잡지기사 등을 수록한 작품이다.

Carson, Rachel L. *The Sea Around Us*. New York: Oxford University Press, 1951.

_____. *The Sense of Wonder*. New York: Harper & Row, 1965

_____. *Silent Spring*. Boston: Houghton Mifflin Co., 1962.

_____. *Under the Sea-Wind: A Naturalist's Picture of Ocean Life*. New York: Simon & Schuster, 1941.

Carson, R. L. "undersea," *Atlantic Monthly*, September 1937.

CBSREPORTS. "The Silent Spring of Rachel Carson." Columbia Boradcasting System, Inc., April 13, 1963.

_____. "The verdict on the Silent Spring of Rachel Carson." Columbia Broadcasting System, Inc., May 15, 1963.

Crisler, Lois. *Arctic Wild*. New York: Harper & Row, 1958. 글자 그대로 늑대들과 함께 18개월을 보낸 매력적인 이야기로, 알래스카의 브룩스산맥에서 삼림순록과 회색곰을 관찰했다. 카슨은 이 책은 더할 나위 없이 근사한 책이라고 찬사했다.

Freeman, Martha, ed. *Always, Rachel: The Letters of Rachel Carson and Dorothy Freeman*. Boston: Beacon Press, 1995. 카슨

을 사적으로 바라보는 견해가 들어있다.

Govan, Ada Clapham. *Wings at My Window*. New York: MacMillan, 1940. 황량한 겨울에 노래하는 박새의 삶을 그린 이야기로, 고반을 조류학자로 바꾸어 놓은 작품이다.

Graham, Frank Jr. *Since Silent Spring*. Boston: Houghton Mifflin Co., 1970. 논쟁을 일으킨『침묵의 봄』에 감명 받은 그레이엄은 이 작품이 환경운동의 시발점이라고 생각했다.

Harlan, Judith. *Sounding the Alarm: A Biography of Rachel Carson*. Minneapolis: Dillon Press, 1989.

Harvey, Mary Kersey, "Using a Plogue to Fight a Plogue: The Author," *Saturday Review*, September 29, 1962.

Howard, Jane. "The Gentle Storm Center," *LIFE*, October 12, 1962.

The Lear/Carson Collection. Department of Special Collections and Archives, Charles E. Shain Library, Connecti-cut College, www.conncoll,edu/is/info-resources/special-collections/ learcarson.htm. 레이첼 카슨의 삶과 작품, 그리고 성취와 관련된 주요한 자료로, *Rachel Carson: Witness for Nature*의 저자 겸 환경 역사가인 린다 리어가 1998년에 코네티컷 대학에서 공급해준 자료이다.

Lear, Linda. "Bombshell in Beltsville: The USDA and the Challenge of 'Silent Spring'", *Agricultural History*, 66, 2, spring 1992, p. 157

_____. *Rachel Carson: Witness for Nature*. New York: Henry Holt, 1997. 상세하고 매혹적이고, 주의를 끄는 작품이다. 레이첼 카슨의 뛰어난 전기작가 리어는 새로운 자료를 모두 공개했고, Lear/Carson Collection at Connecticut College를 설립했다.

Leonard, Jonathan Norton. "And His Wonders in the Deep" *New York Times Review*, July 1, 1951.

Lynch, Jim. *The Highest Tide*. New York: Bloomsbury, 2005. 해안가에서 산 13세 소년에 관한 소설로, 카슨의 작품에 많은 도움이 되었다.

Matthiessen, Peter. "Environmentalist: Rachel Carson," *Time*, March 29, 1999.

Milne, Lorus, and Margery Milne. "There's Poison All Around Us Now," *New York Times Book Review*, September 23, 1962.

"Milton Greenstein," *New Yorker*, August 19. 1991.

Murphy, Priscilla Coit. *What a Book Can Do: The Publicat-ion and Reception of Silent Spring*. Amherst: University of Massachusetts Press, 2005. 『침묵의 봄』의 현상을 다룬 신문과 잡지, 출판물을 학술적으로 연구한 것이다.

"Pesticides: The Price for Progress," *Time*, September 28, 1962.

The Rachel Carson Collection. Archives, Chatham College, Pittsburgh, PA., www.chatham.edu/host/library/Carson/index.html. 여기에는 레이첼 카슨이 펜실베이니아여자대학을 다니면서 쓴 단편소설

과 에세이, 신문기사 등이 수록되었을 뿐만 아니라 사진과 편지도 수록되어 있다. 또한 이 소장품에는 Rachel Carson Institute와 관련된 일련의 자료 외에도 부차적인 정보가 포함되어 있다.

Sterling, Philip. Sea and Earth: The Life of Rachel Carson. New York: Thomas Y. Crowell Co., 1970. 첫 레이첼 카슨의 어린이용 전기이다. 스털링은 솔깃하지만 더러는 부정확한 이야기를 전달해준 가족과 친구들을 취재했다. 출처를 밝히지는 않았다.

U.S. Fish and Wildlife Service, Department of the Interior. *Conservation in Action.* Washington, D.C.: Government Printing Office, 1948. 이 시리즈물은 카슨이 편집했다. 이 책자는 www.fws.gov.에서 다운로드 받을 수 있다.

Wadsworth Ginger. *Rachel Carson: Voice for the Earth.* Minneapolis: Lerner, 1992. 어린 독자에게 아주 좋은 전기이다.

| 그 외 사이트 |

Rachel Carson Web page: www.rachelcarson.org. 카슨의 전기를 쓴 린다 리어가 만들어 레이첼 카슨의 삶과 유지를 받들고 있다. 여기에서는 카슨에 관한 기사나 최근 소식 등을 들을 수 있다.

Rachel Carson Council, Inc. RCC, Inc. P.O. Box 10779, Silver Spring, MD 20914, 201-593-7507. http://members.aol.com /rccouncil/about_us. 살충제와 관련된 자료를 볼 수 있는 정보센터 겸 도서관. 카슨이 마지막으로 산 집을 사용하고 있다.

Rachel Carson Homestead: National Historic Site. 613 Marion

Avenue, Box 46, Springdale, PA 15144, 724-274-5459: www.
rachelcarsonhomestead.org. 환경문제에 관련된 교육프로그램을 제
공한다. 카슨이 어린 시절에 살았던 집을 사용하고 있다.

Rachel Carson National Wildlife Refuge. www.fws.gov/
northeast/rachelcarson. 207-646-9229. 다양한 자료를 공급해주는 홈
페이지로, 카슨의 작품을 접할 수 있다.

Environmental Research foundation. www.rachel.org

The Science and Environmental Health Network. www.sehn.org
Beyond Pesticides. www.beyondpesticides.org

Pesticide Action Network of North America. www.pan-na.org

U.S. Environmental Protection Agency. www.epa.gov

연보

1907년	펜실베이니아 주 스프링데일에서 출생
1925년	파르나수스 고등학교 졸업
1925년	피츠버그 펜실베이니아여자대학 입학
1929년	펜실베이니아여자대학 우등으로 졸업
1929년	우즈홀 해양생물학실험실에서 '보조 연구자'로 근무
1929년	존스 홉킨스대학원에 입학
1932년	존스 홉킨스 대학에서 석사학위 받음
1932년	존스 홉킨스 대학 박사과정 입학
1934년	존스 홉킨스 대학 박사과정 중퇴
1935년	아버지 로버트 카슨 사망
1936년	연방 정부 하급 공무원으로 근무
1937년	〈애틀랜틱 먼슬리〉에 「해저」가 실림
1941년	『바닷바람 아래서』 출간
1951년	『우리를 둘러싼 바다』 출간
1951년	『우리를 둘러싼 바다』 〈뉴욕타임스〉 '올해의 책' 선정
1952년	『우리를 둘러싼 바다』 '내셔널북어워드' 수상
1952년	드렉셀 공과대학에서 명예학위 수여

1952년	『바닷바람 아래서』 재출간
	연방 정부 공무원직 사직
1953년	다큐멘터리 영화 〈우리를 둘러싼 바다〉 개봉
1953년	메인 주 사우스포트 섬에 별장을 지어 휴식을 보냄
1955년	『바다의 가장자리』 출간
1956년	『침묵의 봄』 집필 기획
1958년	어머니 마리아 카슨 사망
1962년	〈뉴요커〉에 『침묵의 봄』 축약본 3회 연재
1962년	『침묵의 봄』 출간
1962년	『침묵의 봄』 '이달의 책'으로 선정
1963년	『침묵의 봄』을 다룬 토론 〈CBS 리포트〉 방영
1964년	56세의 일기로 사망

🌱 옮기고 나서

1964년 4월 17일, 레이첼 카슨의 장례식은 워싱턴 국립 대성당에서 거행되었다. 햇살이 따사롭게 내리쬐는 그날 고 인의 시신을 실은 영구차가 빠져나가고 조문객들은 주차장으 로 발길을 옮겼다. 그들은 주차장을 둘러싼 나무에 매달린 표 지판에 자연스레 눈이 갔다. 거기에는 이렇게 쓰여 있었다.

오전 7시에서 오후 4시까지 주차를 금함.
나무에 살충제를 뿌릴 예정임.

근래 일어나는 여러 환경재앙은 아무리 무심한 사람일지라 도 '환경문제'에 관심을 두게 한다. 그렇지만 대부분 관심에 서 그칠 뿐 '편리함'과 '경쟁력'이라고 하는 눈앞의 유혹과 이익 때문에 이것을 알고도 제대로 실천하기는 정말 어렵다. 나 역시도 자동차의 유혹을 이기지 못하고 수많은 문명의 이 기利器를 즐기며 산다. 주변에 있는 많은 사람의 삶 또한 이와 비슷하다. 왜, 우리는 알면서도 실천하지 않을까. 이렇게 불편한 마음은 언제나 마음 한쪽에 뭔지 모를 부채감을 남긴다. 이것이 어리석은 나와 우리의 모습이 아닐까.

〈타임〉이 선정한 20세기에 가장 큰 영향을 행사한 100인 중 한 사람인 레이첼 카슨은 해양생물과학자이고 감성이 풍부한 글을 잘 쓰는 작가이다. 대표작인 『침묵의 봄』은 "인류 역사의 진로를 바꾼 위대한 책"이라고 불린다. 그녀의 생애를 다룬 이 책의 번역은 내게 큰 기쁨이었지만 한편, '편리함'의 함정에 갇힌 내 생활이 오버랩해서 마냥 즐겁지만은 않았다. 그녀는 전쟁 때문에 생긴 해로운 곤충들을 죽이려고 개발된 DDT 살충제가 자연의 먹이사슬에 치명적인 해를 끼친다는 사실을 밝히고자 모든 것을 걸었다. 많은 사람이 혁신적인 신약이 개발되었다고 열광하며 흥분을 감추지 못할 때에도 레이첼은 외로운 투쟁을 계속했다. 마침내 그녀는 '살충제의 유독성'을 증명했고, '깨끗한 식수법'을 비롯한 수많은 환경 법안을 제정하게 하였다. 당시 소련이 최초로 인공위성을 발사해 '과학의 진보'를 세계만방에 과시하자, 많은 사람이 열광했지만 레이첼은 그것이 우리가 사는 지구 환경에는 '어둠의 그림자'가 될 것을 염려했다. '과학의 발달'이 단지 좋은 것만은 아니다. 천혜의 자원인 자연을 지킬

의무가 있다는 깨달음은 그녀가 우리에게 남긴 커다란 유산이다.

1962년『침묵의 봄』이 발행되자 많은 비평가들이 격분했다. 그들은 "무슨 불순한 의도를 가진", "서구 자본주의를 파멸시키려는 좌파의 음모", "공산주의자"라고 집요하게 레이첼 카슨을 공격했다. 화학회사에 고용된 과학자들, 화학회사 출신의 정부대리인과 공무원들 그리고 유수의 언론들까지 "도저히 읽어줄 수 없는 이야기"라고 동조했다. 심지어 밴더빌트 의과대학의 학장은 '입 닥쳐라, 미스 카슨'이라는 제목으로 '허튼소리'를 집어치우라는 비평을 썼다. 아울러 엄청난 액수의 소송도 불사하겠다며 으름장도 놓았다. 소송이 걸리면 승소한다 해도 엄청난 비용 때문에 자칫 파산의 위험에 몰릴 수도 있었다. 하지만 그녀는 거대권력집단이 두려웠음에도 피하거나 자신의 소신을 끝내 굽히지 않고 세상에 진실의 종을 울렸다. 그런 위협에도 책은 발간 일주일 만에 십만 부 이상 팔렸다. 이렇게 환경운동의 시작을 알린 위대한 여성 레이첼 카슨이 세상을 떠난 지 어느덧 50여 년이 흘렀다. 그러나 유감스럽게도 예나 지금이나 상황은 크게 다르지 않다. 오히려 더욱 교묘해진 '경제주의자' 앞에 그 어떤 외침도 속수무책이다. 시나브로 그녀의 예언처럼 이미 봄은 곳곳에서 침묵하기 시작했다. 이미 너무 늦었는지 모르지만 그래도 체념해서는 안 된다. 이것이 레이첼 카슨의 가르침이다.

2009년 가을,
권혁정

부록

국제협약(Framework treaty) & 의정서(Protocol)

국제협약(Framework treaty) 기본협약 또는 골격이 되는 조약으로 당사국에 대해 기본적 의무만을 부과하고 법적 구속력을 갖지 않는 협약으로 국가 간의 이해관계가 발생하는 환경문제를 규제할 때 당사국 수를 늘리고 협약의 보편성을 높이려고 국제협약(Framework) 방식을 이용한다.

의정서(Protocol) 국제협약(Framework treaty)을 보완하기 위한 법적 구속력이 있으며 구체적 시기와 일정을 명시한 의정서(Protocol)를 채택한다.

● 몬트리올 의정서 *The Montreal Protocol*

1987년 몬트리올 의정서는 오존층 파괴물질의 규제에 관한 국제협약으로 기본협약인 1985년 비엔나협약을 보완하는 내용이며, 오존 파괴 물질을 감축하고 대체 물질의 개발을 추구한다는 점에서 오히려 비엔나협약보다 더 중요한 것으로 평가함.

오존층 파괴의 정도가 훨씬 심각하고 빠른 속도로 진행한다는 근거에 따라 1990년 런던개정의정서와 1992년 코펜하겐개정안에 의해 부분 개정해, 오존파괴물질의 감축을 앞당기고 기술이전을 강화하는 동시에 재정 지원제도로서 '다자기금제도'를 신설하는 내용으로 바뀌었다.

이들 의정서를 모두 합해 '몬트리올 의정서체계'라고 한다.

● 비엔나협약 *Vienna Convention*

1985년 비엔나 협약은 오존층 파괴의 영향으로부터 지구와 인류를 보호하려고 최초로 만들어진 보편적인 국제협약이다. 그러나 비엔나 협약은 이해국가 그룹 간의 갈등으로 오존층 파괴를 예방하기 위한 더 상세한 통제 조치를 마련하는 데 실패했고, 선진국의 입장에 치중한 정보교환규정 등 형식적인 내용만을 담고 있어 그 본래의 의의를 크게 상실한 것으로 평가한다. 다만, 이 협약을 통해 국제공동체가 환경에 대한 위협을 감소시키기 위해 협력해야 한다는 교훈을 확신하게 된 점은 큰 성과라고 볼 수 있다. 또한, 오존층 파괴가 인류 건강뿐만 아니라 생태계에 미치는 영향까지도 협약범위 내에 포함함으로써 자연환경과 인간의 상호의존관계를 인식하는 이른바 생태적 접근방법에 기초하며, 실제적인 피해에 앞서 잠재적인 피해가능성만으로 사전예방조치를 취할 필요성을 제기하는 예방적 접근방법을 취한다는 점에서 환경법 분야에서 주요한 선례가 됐다.

● 바젤협약 *Basel Convention*

지구 환경을 보호하기 위해 유해폐기물의 국가 간 교역을 규제하는 내용의 국제협약. 이 협약은 가입국과 비가입국 간의 유해폐기물의 수출입 금지, 협약국 간에는 유해물 교역이 가능하되 국가승인을 받도록 하고 규제대상 폐기물의 처리 등에 관한 규정이 주 내용이다. 1989년 3월 유엔에서 협약이 채택된 이후 93년 5월5일 20개국이 비준서를 기탁, 가입함으로써 정식 발효했다. 우리나라는 94년 3월1일 가입, 53번째 가입국이 됐다. 94년 3월25일 스위스 제네바에서 64개 바젤협약국이 폐기물 수출의 즉각 금지안을 채택, 회복 가능 또는 재생폐기물은 97년 말까지 점진적으로 적용키로 했다.

● 런던협약 *London Convention*

폐기물 및 기타 물질의 투기에 의한 해양오염의 예방에 관한 협약. 1972년 스톡홀름 인간환경회의 준비위원회는 해양환경을 보호하기 위한 노력의 하나로 정부 간 해양오염작업그룹(Inter-Governmental Working Group on Marine Pollution, IWGMP)을 설립하였다. 이 작업그룹에서 폐기물의 해양투기를 규제할 국제협약의 필요성을 강조함에 따라 정부 간 해양덤핑모임(Inter-Governmental Meeting on Ocean Dumping)을 주축으로 협약안이 추진되어, 1972년에 폐기물 및 기타 물질의 투기에 의한 해양오염 방지협약이 체결되었다. 이 협약은 '런던덤핑협약'으로 불리었으나, 1992년 11월에 개최된 제15차 협의당사국회의에서 '런던협약'으로 변경하였다. 즉 런던협약은 국내수역(internal waters) 밖에 있는 모든 해양지역에 각종 폐기물을 투기하는것을 방지함으로써 해양오염을 막기 위한 목적에서 채택되었으며, 동 협약은 지역협정과 달리 해양투기문제를 전 지구적 차원에서 규율하는 다자 협약이라는 데에 의의가 있으며, 여러 국가로부터 광범위한 지지를 받고 있다. 런던협약은 1972년 12월에 채택되었으며, 1975년 8월 30일에 발효되었다. 우리나라는 1993년에 런던협약에 가입하였으며, 1994년 1월부터 국내에서 발효됐다. 2001년 5월 현재 78개국이 런던협약에 가입 및 비준하였다.

● 스톡홀름협약 *Stockholm Convention on Persistent Organic Pollutants*

잔류성 유기오염물질(POPs)의 제조와 사용을 금지하는 조약으로 2001년 5월 22일 스웨덴 스톡홀름에서 독성이 강한 잔류성 유기오염물질을 국제적으로 규제하여 인간의 건강과 환경 보호를 목적으로

151개국의 협약에서 유래한다. POPs조약이라 부르기도 한다.

● 로테르담협약 *Rotterdam Convention*

1998. 9. 10. 네덜란드 로테르담 외교회의에서 채택하고, 정식명칭은 '특정 유해화학물질 및 농약의 국제교역 시 사전통보승인(PIC) 절차에 관한 로테르담협약'으로 로테르담협약(PIC 협약)이라고도 함. 특정 유해화학물질과 농약이 인류의 건강과 환경에 나쁜 영향을 미치는 것을 방지하기 위한 정보교류 촉진, 수출입 시 각국의 절차 등을 규정했다.

● 국가 간 멸종위기에 처한 야생 동·식물종의 국제거래에 관한 협약(CITES) *Convention on International Trade in Endangered Species of Wild Fauna and Flora*

멸종 위기종(種) 보호를 위해 1973년 워싱턴에서 채택되어 야생 불법거래나 과도한 국제거래에 의해 멸종위기에 처한 야생 동·식물의 보호 야생 동·식물 수출·입국을 협력하여 국제거래를 규제함으로써 서식지로부터 야생 동·식물의 무질서한 채취·포획을 억제하려는 협약.

● 생물다양성협약 *Convention on Biological Diversity*

지구의 생물종을 보호하려고 마련한 협약으로 여기에서 생물종이란 지구의 모든 생물종과 이 생물종들이 서식하는 생태계, 생물이 지닌 유전자까지 포함한다. 1992년 6월 유엔환경개발회의(UNCED)에서 158개국 대표가 서명함으로써 채택됐고 1993년 12월 29일 발효했

다. 우리나라는 1994년 10월에 가입했고 자연환경보전법에 생물다
양성 보전에 관한 규정을 두었다.

● 바이오안전성에 관한 카르타헤나의정서 Cartagena Protocol on Biosafety

바이오안전성에 관한 카르타헤나 의정서는 유전자변형생물체(living modified organisms: LMOs)의 국가 간 이동을 규제하는 최초의 국제 협약으로, 2000년 1월 29일 생물다양성협약(Convention on Biological Diversity, 1992)의 부속 의정서로서 채택되었다. 이 의정서 는 생물다양성협약의 이행을 확보하고, 생물다양성의 보존 및 지속 가능한 이용에 해로운 영향을 미칠 수도 있는 LMOs의 국가 간 이동 을 안전하게 관리하는 절차를 마련했다.

● 람사르협약 Ramsar Convention

습지는 지구에서 가장 생산적인 생명부양의 생태계이며 습지의 보호 는 생물학적, 수리학적, 그리고 경제적 이유에서도 매우 중요하다. 그런데 지구의 많은 지역에서는 관개와 매립, 오염 등으로 습지가 훼 손되고 있다. 이와 같은 습지 파괴를 저지하려고 1960년 국제 수금 류 조사국(IWRB) 주최로 되어 일련의 국제회의와 실무자(기술)회의 가 개최되었고, 그 토의결과로 1971년 2월 2일 이란의 람사르 (Ramsar)에서 협약을 조인했다. 이 협약의 목적은 습지는 경제적, 문 화적, 과학적 및 여가(餘暇)를 위한 큰 가치를 가진 자원이며 이의 손 실은 회복할 수 없다는 인식하에 현재와 미래에 있어서 습지의 점진 적 침식과 손실을 막는 것이다.

● 사막화방지협약 *UN Convention to Combat Desertification*

사막화는 기후변화와 인간 활동을 포함한 여러 가지 요인으로 건조, 반(反)건조지역이나 건조한 저습지역(arid, semi-arid and dry sub-humid areas)의 토양이 침식되거나 산림의 황폐화와 같이 사막이 확대되는 현상을 말한다. 지구에서는 지구온난화에 따른 극심한 한발과 더불어 과도한 경작, 개간과 방목, 산림벌목, 지하수 개발 등으로 사막화가 가속화해, 이로 말미암아 많은 인구가 피해를 보는 악순환이 거듭한다. 더욱 사막화는 생물체의 생존력을 약화시켜 토착생물을 멸종시키는 등 생물다양성을 파괴하고 지구온난화 등의 환경문제를 유발한다. 1994년 6월 17일 파리에서 사막화 방지협약이 채택되었고, 1996년 12월 26일에 발효되었다. 사막화협약의 목적은 심각한 한발(drought) 또는 사막화(desertification)를 겪는 국가들, 특히 아프리카의 사막화를 퇴치하고 한발의 피해를 완화하려는 것이다. 한발과 사막화로 말미암은 피해지역의 지속 가능한 발전(sustainable development)을 성취하기 위해 Agenda21과 일치하는 안의 범위에서 국제협력과 공동협정의 지원을 받는 모든 효율적인 조치를 통해 추구한다.

● 기후변화협약 *UNFCCC : United Nations Framework Convention on Climate Change*

1987년 제네바에서 열린 제10차세계기상회의에서 정부간기후변화패널(Inter-Governmental Panel on Climate Change: IPCC)을 결성했다. 1988년 6월 캐나다 토론토에서 주요 국가의 대표들이 모여 지구온난화에 대한 국제협약 체결을 공식으로 제의했다. 1990년 제네바에서 열린 제2차세계기후회에서 기본적인 협약을 체결하고, 1992년 5월 정식으로 기후변화협약을 체결하고 1992년 6월 브라질의 리우환경회의에서 지구온난화에 따른 이상 기후현상을 예방하기 위해 이산화탄소를 비롯한 온실가스(탄산가스, 프레온가스)의 방출을 제한하여 지구온난화를 규제하는 방안을 채택했다. 2년 후 1994년 3월 21일 50개국 이상이 가입함에 따라 공식 발효했다. 회의 때 군소도서 국가연합(Alliance of Small Island States, AOSIS) 및 EU 등은 구속력 있는 감축의무 규정을 주장하였으나 미국 등 여타 선진국들이 반대하여 단순한 노력 사항으로 규정됐으며, 우리나라는 1993년 12월 47번째로 가입했다.

- 당사국총회는 공식 발효한 다음 해인 1995년부터 매년 열리고 있고 2009년 12월 코펜하겐에서 15번째 당사국 총회(COP15)가 개최됐다. 1997년에는 교토에서 제3차 당사국총회가 열렸으며 이때 '교토의정서'가 채택됐다.
- 기후변화협약 체결국은 염화불화탄소(CFC)를 제외한 모든 온실가스의 배출량과 제거량을 조사하여 이를 협상위원회에 보고해야 하며 기후변화 방지를 위한 국가계획도 작성해야 한다.

● 교토의정서 *The Kyoto Protocol*

1992년 리우환경회의에서 채택한 기후변화협약을 이행하기 위해 만든 국가 간 이행협약으로 '교토기후협약'이라고도 함. 기후변화협약에 의한 온실가스 감축은 구속력이 없음에 따라 온실가스의 실질적인 감축을 위해 과거 산업혁명을 통해 온실가스 배출의 역사적 책임이 있는 선진국 38개국을 대상으로 제1차 공약기간(2008~2012) 동안

1990년도 배출량 대비 평균 5.2% 감축을 규정하는 교토의정서를 제 3차 당사국총회('97, 일본 교토)에서 채택하여 2005년 2월 16일 공식 발효. 우리나라에서는 2002년도에 비준하였고, 2005년 11월 캐나다 몬트리올에서 제1차 교토의정서 당사국총회(COP/MOP1)를 개최하였고, 2007년 인도네시아 발리에서 제3차 교토의정서 당사국총회(COP/MOP3)에서 '발리로드맵'을 채택했다.

교토의정서 세부사항

- 공동이행제도(joint implementation)

  선진국 a국이 선진국 b국에 투자하여 발생한 온실가스 감축 분을 a국의 감축실적으로 인정하는 제도

- 청정개발체제(clean development mechanism)

  선진국 a국이 개도국 b국에 투자하여 발생한 온실가스 감축 분을 a국의 감축실적으로 인정하는 제도

- 배출권 거래제도(Emission Trading)

  온실가스 감축의무가 있는 국가들에 배출쿼터를 부여하고서 동 국가 간 배출쿼터의 거래를 허용하는 제도

지은이 • 엘린 레빈 *Ellen Levine*

뉴욕에서 태어나 브랜다이즈 대학에서 정치학 석사 학위를, 시카고 대학에서 정치과학 박사 학위를, 뉴욕대학 로스쿨에서 법학박사 학위를 받았다. 그녀는 특히 이민온 십대들을 대상으로 특별교육프로그램을 운영했다. 작품으로는 『자유의 아이들 Freedom's Children』 『헨리의 자유 상자Henry's Freedom Box』 『만약 마틴 루서 킹의 시대에 살았다면』 『모스 가족의 용기 있는 선택Catch a Tiger by the Toe』 외에도 청소년 도서가 다수 있으며, 제인 애덤스 평화상을 비롯한 전국 도서관협회상 등을 휩쓸며 수많은 상을 거머쥐었다. 현재 버몬트 대학에서 어린이와 청소년을 위한 MFA 글쓰기 프로그램에 참여하고 있다.

옮긴이 • 권혁정

영어영문학을 전공하고 학교에서 아이들을 가르쳤다. 외화를 다수 번역하였고 지금은 전문번역가로 활동 중이다. 옮긴 책으로 『개구쟁이 우리 아이 책벌레 만들기』 『우주전쟁』 『엑스를 찾아서』 『내 마음의 크리스마스』 『아프가니스탄의 눈물1,2,3』 『히치콕:공포의 미로 혹은 여행』 『헤티-월스트리트의 마녀』 『12월의 웨딩』 『제인 구달』 『오프라 윈프리』 등이 있다.

W 세상을 빛낸 위대한 여성
레이첼 카슨

첫판 1쇄 2010년 1월 10일
첫판 4쇄 2013년 10월 10일

지은이 엘린 레빈 | 옮긴이 권혁정
펴낸이 엄건용 | 펴낸곳 나무처럼
주소 서울시 마포구 서교동 377-13 성은빌딩 102호
전화 02) 337-7253 | 팩스 02) 337-7230
E-mail namubooks@naver.com
ISBN 978-89-92877-11-4 (44840) | 978-89-92877-10-7 (세트)